别姬小姐系列

玻璃天

玻璃の天

【日】北村薰 著
吴冬青 译

人民文学出版社

著作权合同登记号　图字 01-2010-4297

图书在版编目(CIP)数据

玻璃天/(日)北村薰著;吴冬青译.—北京:人民文学出版社,2012
(别姬小姐系列)
ISBN 978-7-02-009430-1

Ⅰ.①玻… Ⅱ.①北… ②吴… Ⅲ.①推理小说-日本-现代 Ⅳ.①I313.45

中国版本图书馆 CIP 数据核字(2012)第 179552 号

责任编辑:陈　旻
特约策划:周　洁
封面设计:董红红

出版发行:人民文学出版社
社　　址:北京市朝内大街 166 号
邮政编码:100705
网　　址:http://www.rw.cn.com
印　　制:山东临沂新华印刷物流集团
经　　销:全国新华书店等
字　　数:143 千字
开　　本:890×1240 毫米　1/32
印　　张:6
版　　次:2012 年 9 月北京第 1 版
印　　次:2012 年 9 月第 1 次印刷
书　　号:978-7-02-009430-1
定　　价:23.00 元

目 录

梦幻桥

1

按照我前一天晚上的吩咐，阿芳敲响了我的房门。我拉开薄薄的窗帘，从窗户探出头说了声“谢谢”，以便让阿芳知道我已经起来了。

今天比平时早起了一个多小时。

外面还是黑乎乎的。黎明前稍带寒意的空气拂过我的脸颊。花园里的树木和远处隔壁人家屋顶的轮廓还像剪影画一样朦胧。不过，黑暗的天空中隐含着微弱的光芒，让人感受到新的一天即将开始。

昨天上午就是个阴天，而且又是六月份，所以起初我还担心会下雨，幸好，看来会是一个美好的早晨。

一开灯，卧室的壁纸上立刻浮现出花草缠绕的图案。我简单地洗了把脸，换好衣服来到楼下。

爸爸妈妈已经闲适地坐在客厅的椅子上了。

“太好了。看来是个晴天呢。”

爸爸觉得我说的话很好笑：

“看着东京的天空一喜一忧的，这不是白费心思嘛。信州的天气，和这儿可不是一回事哦。何况又是在山里呢。”

妈妈也帮腔道：

“山里的天气可没个准的啊。”

妈妈大概是想着我们夏天去的轻井泽了吧。虽然都在长野县，不过我却并不知道户隐山在哪里。

在远古的神话时代，太阳神天照大神躲进天上的石屋闭门不出，世界陷入黑暗之中。“这怎么行呢？”拉开那石屋大门的是一个名叫天手力男命的大力神。据说，这个大力神扔出的石门飞过天空，正好就掉落在户隐山一带。那飞行距离一定非常远吧。真应该让他去参加洛杉矶奥运会，那样的话，日本的金牌数肯定会增加。

阿芳端来一杯用煎茶泡的绿茶放在我的面前。终于微微泛白的晨光，开始和屋内电灯的光亮融合在一起。空气中弥漫着茶的醇香。

不过，今天早上我们期待的不是嗅觉上的享受，而是听觉。我们正在等待的是收音机里的广播，据说是要向全国播送户隐山上鸟儿的鸣啭声呢。

去年奥运会时，从赛场进行了宛如实况一样的转播，被称为“实感广播”，说得难听点就是“糊弄”。事情发生在太平洋彼岸，也算是没有办法的办法吧。

不过，据说今天早上可是毫不夸张地要将信州野鸟的鸣叫声，通过电波即时传向日本全国各地的。江户时代的人们若是听了，估计会惊恐地以为是天主教神父的魔法吧。

继播音员的说明之后，终于，等待已久的鸟儿的鸣叫声清晰地传来了。现在，在从未去过的、遥远的户隐山上，鸟儿们正欢快地鸣叫着呢——这么一想，心中升起一种不可思议的感觉。在鸟儿们或高或低的鸣叫声中，客厅里好像充满了山间那清新凉爽的气息。

从转播开始，爸爸一直靠在椅背上，交叉着双臂闭目养神，这时却突然睁开眼睛，说道："哎呀，这可真是精彩。——阿芳，去把手头空着的人都叫来，让大家都听听，也是个说话聊天的好话题。"

2

可是，这种时候，居然还有一个在悠然地呼呼大睡的家伙。他就是我的哥哥雅吉。到了吃早餐的时候，他总算出现在了餐桌前。

我故意夸张地说起今天早上精彩的转播，哥哥却不识情趣地说道："我也是在麻雀的合唱声中醒来的哦。"

要说是坐落在白金地区的桐原府，自家院落里就有一片茂密的树林，据说晚上有猫头鹰在叫，早上则传来竹鸡像是在叫"快过来、快过来"的呼唤声，还夹杂着其他鸟儿的叫声，各种野鸟的鸣叫声简直让人感到有些嘈杂。

可是在麹町的寒舍，却是无论如何也不会达到那种程度的，从早上开始叽叽喳喳的是我家的学士先生。

"——因为晚上钻研学问到很晚嘛，所以早上就没办法早起了。"

今年春天，雅吉哥哥顺利地拿到了大学毕业证书。我原以为他会去找工作，他却说要继续深造，多学一些知识，现在已是研究生院的学生。昨天晚上真的在用功？——我正怀疑地想着的时候，哥哥说道：

"喂，眼下白木屋正在举办《古代服装展》呢。我昨天在一本书上看到了'物诣虫垂衣'。"

"……啊？"

"傻妹妹，你也学过一些古典的基础知识吧。——在古代，宫里的侍女去参拜呀什么的时候，外出时都要戴一种叫市女笠的斗笠。"

"……啊，啊！"

我连连点头。

"怎么像小狗在喘气呀。——嗯，先不说这个。在那个斗笠的周围垂挂着一圈白色的薄布。"

妈妈发出恍然大悟的声音：

"啊，那个我知道，经常在画上看到呢。"

"是吧，那就叫'虫（MUSI）垂衣'。因为周围垂挂着一圈帘子，所以就算有虫子飞来也无妨。"

我深有感悟地说道：

"——所以才叫'虫（MUSI）垂衣'吗？"

"没脑子的人呐，马上就会有这种粗浅的联想。嗯、嗯、嗯……"

哥哥得意地啃着烤好的面包片。根据我的观察，其实他自己当初也是那样推测的。不过，有脑子的哥哥一点也没有露出破绽来。不一会儿，哥哥继续说道：

"——可是，根据书上记载，那个名称好像原本来源于所使用的材料。织布用的线啊，是从一种叫苎麻（KARA-MUSI）的草的茎皮纤维中提取的，所以叫'麻（MUSI）垂衣'。"

看来我家的学士先生还是有在学习的。

"哦——"

“只要把这‘麻（MUSI）垂衣’垂下来，不管是灰尘还是别人的视线，就都能够避而远之了。”

“对于讨厌的人，那就是‘无视（MUSI）垂衣’了。”

哥哥叹息道：

“现在的女学生啊，实在是浅薄。”

雅吉哥哥看《摩洛哥》这部电影已经好几遍了，每次都是和他的朋友小六子，就是大町六助一起去的。因为他们俩都是黛德丽（Marlene Dietrich）的粉丝，这倒可以理解。可是，不仅如此，这两个人回来以后，还练起了奇妙的动作。

“不对，不对。”

“这个手指举起来的动作，是蛮微妙的。”

二人就这样你一言我一语地练习着。我还以为怎么回事呢，原来他俩在模仿电影中库柏（Gary Cooper）向黛德丽打招呼、黛德丽回应寒暄的动作。食指和中指并拢竖直，然后弯曲着手指，做出“再见”的动作。看样子他们是想在别人面前做这个动作，出出风头。

我可不想被拼命练习这种动作的人说成“浅薄”什么的。

“好坏哟。”

“像你这样无知的人嘛，也应该去看看实物，提高提高修养。怎么样？这个星期天和我一起去看看如何？”

这真是一个颇有吸引力的建议。我一个人是不能去商场之类的地方的。有哥哥一起去，并且还能学到东西，爸爸妈妈也就不会反对了。要是我们学校的那些千金小姐们听了，肯定会捶胸说“URE-”、“OSUTE-”什么的。顺便提一下，前面一个“URE-”是表示高兴、开心之意的“URESII”的简略说法，后面的“OSUTE-”是表示好极了、真棒之意的

“OSUTEKI”的简略说法。

我淑女般柔顺地答道：

“很高兴能陪您一起去。”

“原本是要和小六子一起去的，可是，这个家伙有事不方便去了。我一个人去也没劲，作为补缺只好带着你一起去了。”

“知道了。——哥哥有美女跟着去一定很有面子吧。”

哥哥有些愕然地说道：

“你起得太早，还没睡醒吧。”

“是的，是的。反正我说的是梦话呗。”

爸爸端着餐后咖啡，一边送到嘴边，一边说道：

“上野的帝室博物馆，现在应该是在举办一个卷轴画展览会，也一并去那里看看好了。”

3

就这样说着说着，离家时已经有点晚了，不过还不算迟到。

从这个春天开始，我也顺利地成为了后期的学生，也就是说我已经结束了前期四年、中期四年的学业。皇族华族的千金小姐们从幼儿园开始上学升学都无须考试，而我在上小学时是参加了考试的。考试的内容类似于简单的智能测试。

“好。——这里面是什么呢？”

主考老师在一个盘子上盖上布，询问刚才看到了什么。在我家的晚宴上，作为饭后的余兴，会叫各种各样的人来表演。大家都喜欢的节目是魔术。我至今还记得那个翻弄布块的老师的手势颇有些像变戏法的魔法师。

现在想起来，觉得那场考试与其说是看成绩，倒不如说是看你的态度。当然，更重要的是，事先早已根据门第、财力、地位等进行过筛选了吧。就我们花村家族来说，我爷爷曾是陆军中鼎鼎有名的人物，爸爸又在财界有着举足轻重的地位，而且还与众多的华族人士沾亲带故。正是由于这种关系，我才通过测试的吧。

小时候，看见那些进入主楼学习的后期学姐们，就像是住在另一个世界的大人。而今，自己也没觉得长大了多少，却也已进入了后期学年。这真让人觉得有些不可思议。

成为后期学年的学生后，一些事情已然发生了变化。

从课程上来说，手工课没有了，新增了学习书法、绘画等科目。外语课也增加了，不过，水平并没有像所期待的那样得到提高，所以感觉不到学习的劲头。轮到值日周的时候，还必须参加值日周会议。这是义务。权利则是可以自由地在图书阅览室自修。

阅览室在主楼的北侧。到去年为止，从距离上来说也是离得很远的地方。如今像是开放了一间以前禁止打开的房间一样，着实令人高兴。而且，就连阅览室的书架上还没有上架的书，只要你想借就能借出来。不过，不是高等课程的学生，还是不能进入书库。

书库与主楼相连，往后延伸，是一幢钢筋混凝土的三层建筑，气势雄伟。大概还是嫌这座三层书库略显狭窄吧，再往后面像手拉手一样连着的那幢大楼，是还在施工中的新书库，还是一样的三层建筑。

且说这天午休时分，在我前往已经不再陌生的阅览室的路上，桐原侯爵家的道子小姐从后面悄悄地跟了上来。我刚回过头去，她就微笑着问道：

“……去学习？”

图书阅览室里，主要摆放着一些学习参考书。

“是啊，我要找大辞典查一点东西。”

道子小姐是名门望族桐原家的小女儿，好像在今年的新年吉日里，已经和瓜生财阀的后嗣正式订婚了。看来道子小姐在结束后期课程的三年学业后，马上就会结婚吧。不再升入高等课程进一步学习，选择结婚的也大有人在。

一般来说，在学年上所说的后期，也就是十五岁前后，是即将步入社交界的年龄。对于桐原家的千金小姐来说，有外务大臣和各国大使出席的派对才是她在社交界华丽登场的时机。

道子小姐的人生道路在此之前就尘埃落定的话，从少女特有的不安分的心绪来说，我也觉得这样的人生有点可惜。

我从阅览室的书架上抽出一本大大的英英辞典，坐到了空着的位子上。道子小姐也在我旁边的椅子上坐了下来。

道子小姐在我查阅完之前一直默默地看着，一副困乏的样子。当我把像硬板一样的封面合上时，她开口说道：

“……我又当信使了。”

听她这样一说，我想起去年也正好是现在这个时候，曾经收到过桐原家的长女丽子小姐的信。这次又会是什么呢？正琢磨着的时候，一封信递了过来。没有收信人的姓名地址，也没有封口。

“可以打开吗？”我问道。

道子小姐用力地点了点头。一按信封的两端，信封口就啪地像雏鸟张嘴一样打开了。手指伸进去一探，发现里面装的不是信笺，而是一张切成长方形诗笺一样的纸片。抽出来一看，上面用较粗的钢笔写着如下的文字：

荒野狂熊吼，黑夜更深沉

虽然是用平假名写的，但这些文字一点也不柔和。说句玄乎的话，这些字让人感到一种不容情的直率。不用说，这不是出自女性之手。

“这是——你哥哥送来的？”

桐原家的长子胜久先生，陆军参谋本部的大尉。

“是啊。”

“是——和歌吧？”

“是啊。”

真是丢人，除此以外我就一点也看不明白了。

“到底是什么呀，这个？”

“据说是流传在某大学校园里的一首打油诗。”

要是打油诗，那就是匿名批判什么的民声了。纸上没有任何说明，也许是不便留下文字吧。真让人越发糊涂。

道子小姐继续说道：

“——我哥哥说，‘把这个给花村小姐的司机看看’。”

“给别宫？”

跟在我身边接送我上下学的司机叫别宫，就我们两个人的时候，我会亲昵地叫她别姬。

去年秋天，京都帝大的一位副教授的夫人成为了一名街头出租车的司机，当时曾引起轰动。不过，女性开车还是非常少见的。以前去桐原府时，胜久先生见过别姬，可现在胜久先生拿这样一首和歌形式的打油诗给她看，到底是什么意思呢？

4

这一天，有个朋友找上我了。放学后，因为轮到值日，我正在特别教室打扫卫生。这时，内堀百合江小姐来到我身旁对我耳语道：

“我有事要跟你说呢。”

百合江小姐是以内堀银行闻名的内堀晃继的女儿。

学校对校服的规定是，水兵服上下身均为藏青色哔叽，但在换装后的夏季，放宽为“藏青色哔叽以外的素色面料亦可”。这也就是说，着装是相当自由的。有身份的同学，因为家里讲究，所以不怎么穿显眼的服装。在这方面，不是华族的同学要随意多了，穿蓝色水兵服的也有。

百合江小姐穿着一套在本乡的校服定制店吉泽定做的衣服，袖子上绣着鹰的图案。她是一个活泼开朗的人。脸稍长，鼻梁挺直，不过，也不像瓜子脸，而是让人感到一种现代感，眉毛则显出一股刚毅之气。

“什么事呀？”

“这里不太方便——。呆会儿陪我一下好吗？”

打扫结束后，我们一起来到了外面。网球场那边人很多。我们穿过南运动场，向鸡舍走去。在西馆的时候，从窗口望出来，可以看到聚集在鸡舍前面的幼儿园小朋友们小小的身影。放学后的现在，这里一个人也没有了。

稍稍离开铁丝网一些的地方横向架着一道栏杆，百合江小姐把手搁在栏杆上，开口说道：

“就像《罗密欧与朱丽叶》一样呢。”

和别的青春少女一样，百合江小姐打扮得漂漂亮亮去参加一个派对，一位男士上来搭话。百合江小姐已经不是关注餐台上那些美食的年龄了，她当时正想着——要是变成了没人搭理的“壁花小姐”该怎么办呢？——所以她还挺庆幸的。他们对音乐呀什么的都有共同的兴趣，所以谈得很开心。对方好像对她也有好感。可是，直到分别的时候，对方也仍然含糊其辞地没有说出他的名字。

目送他离开后，百合江小姐问一起来的妈妈道：“您知道那个人吗？”妈妈露出困惑的神情说：

“那是卖灯具的内堀家的儿子呀。”

这让百合江小姐大感意外。经营电气产品的内堀灯具的上一代当家人洋一郎和百合江小姐的祖父晃二郎是兄弟。可是，他们俩水火不容的关系却是人所共知的。据说，自从明治年间经过一场争吵分道扬镳以来，即使在哪里偶然碰见，双方也会转身离去——双方就是这样的关系。这简直就像两个旋转的陀螺相互排斥一样。兄弟俩甚至只要听到对方的名字，就会露出不悦的神情。

那种人的孙子。就是为了戏弄戏弄才上来搭话的吧。可恶的男人！——百合江小姐这样想道。可是，在下一次参加的游园会上，他又出现了，而且又凑近过来了。当百合江小姐对他挖苦讽刺了一番准备转身离开的时候，他却说出这样的话来：

“好，我推心置腹地跟你说吧。起初，我听说那个像蛇蝎一样让人讨厌的内堀的孙女在场，的确是抱着想看看是一个怎么样的人的想法。可是，在见面的瞬间，我就动心了。在交谈之后，我就越发感到心动了。分别的时候，我想，如果说出了我的名字，大概就会万事皆休吧。为此我非常苦恼。”

百合江小姐听到的是这样一番表白。

少女的心怎么可能无动于衷呢？幸好当时妈妈没有来，随从也在门房间等着。于是两人进行了长谈。被禁止的关系——这种罗曼蒂克的调味料让恋爱的味道变得更加特别。

两人互相把自己朋友的姓名住址告诉对方，秘密约定写信联系：罗密欧——东一郎先生用他男性朋友的名字，朱丽叶——百合江小姐用她女性朋友的名字相互写信。不用说，信封上的收信人地址、姓名则由各自家里信得过的下人负责书写。就这样，随着频繁的信件往来，两个人的恋情不断加深。

情况就如以上所述。——现在的问题是：今后该怎么办呢？

我首先反问道：

“为什么问我呢？”

“因为花村小姐喜欢看书，读过各种各样的故事啊。”

且慢。这不就像会游泳的人向旱鸭子请教怎么游泳一样吗？这可不是自夸，本人花村英子小姐连恋爱是什么都还不知道呢。问的人实在是欠考虑了。要说看书的话多少也看过一些，报纸也经常浏览，所以，“要赶时髦，就去坂田山或者三原山相约自杀呀”之类的话也能说说。但是，要是把玩笑当了真，真的去实践“在天国成就爱情”的话，我可受不了。

那么，该怎么回答她呢？此时此地，可以商量的对象只有鸡啊。

“——这是一个很重要的问题，我也不能轻易地回答你。至少请你等到明天吧。我明天再给你答复，好吗？”

暂且先这样说吧。对方如果是个孩子，也许到明天就忘了。不过，百合江小姐看来不会那么轻易忘记。

5

对着别姬小姐白麻制服的肩头，我首先讲了百合江小姐的事。

“哎，你怎么认为？”

“这可不是我能妄加议论的事啊——”

“我就是想听听你的看法呀。”

车子缓慢地行驶在青山大道上。爸爸的用车是别克，而我上学用的是很常见的福特。

“……内堀家小姐的心思应该是真实的。但是，作为冷静的第三者来说，还是有些不放心男方的心思，不知他是不是认真的。”

“啊……那倒也是哦。”

的确，没有比玩弄一个不谙世事的女孩的感情更轻而易举的了。我需要不戴恋爱有色眼镜看出来的真实情况。

“如果那位东一郎先生是真情实意的话——”

“那该怎么办呢？”

“一般来说，爷爷对孙子——特别是对孙女，往往比父母还要宠爱。”

“是的。”

“如果说是在明治时期吵翻脸的兄弟俩，那么算起来互相都已经年纪一大把了。说句失敬的话，彼此都应该会考虑到万一的情况吧。一旦到了那个时候，都不想在现世留下什么牵挂吧。人啊，总是越老越顽固。可是另一方面呢，也一定会想，能融化的冰就让它融化吧。——虽然由于年轻时候的一时冲动，导致了关系不和，那也终归是兄弟。最后双方若能握手言和，达到安心立命的境地后再登仙的话，倒也是一个理想的结果。——要是兄弟俩中有一个先走一步的话，就会永远失去和解的机会。

后悔莫及的那种失落感怕是令人不堪忍受的吧。若能互相握手言和的话，在成就孙子孙女的一段恋情之前，首先得到救赎的是两位老人。”

“噢，噢！”

年少的我根本就没有考虑到这些事情。

“我想内堀小姐若是一片诚心的话——直接恳求对立当事人的爷爷，也许是最好的办法。”

“一举攻入敌军的大本营啊。”

“从爷爷这边来说，孙女越过父母直接来恳求自己，应该感觉不坏吧。而父母对此也不会计较。如果能以此为契机，不和的两家能喜结良缘的话，也是一件可喜可贺的事情。”

且不说是否行得通，倒也是值得听取的意见。车子从赤坂见附的交叉路口，行驶到了闲院宫亲王府前。

“就是呀。——这建议真不错。——接下来呢还有一件事。我这里有给别姬小姐的留言。”

“——给我？”

就是胜久先生送来的打油诗。我朗读了一遍，可别姬小姐却一直望着前方，连头也没动一下，当然也不知道她是什么表情。我有点急了，问道：

“是怎样一首和歌呀？”

“写的是‘在狂熊的嚎叫声中，夜越来越深，天越来越黑。’——所以，大概是写山中的景象吧。”

“这……是这么回事。可是，这又怎样呢？”

“嗯——”

“桐原先生为什么说要让你看看这个呢？”

"别宫不明白。"

也没有问出个具体的答案，福特就已经到家了。

猜不透到底是怎么回事，就像把手伸到一个袋子里摸索那样令人着急。而且，别姬小姐也有些反常，那种有些心不在焉的样子不由得让人有些疑惑。

6

关于内堀家的问题，爸爸肯定也知道一些内幕。怎么说也是银行和电气制品公司巨头间的争执，在产业界应该是众所周知的吧。

爸爸大概是出席了哪里的聚会，很晚才回到家。他换了衣服坐在客厅里。过了一会儿，估摸着他已经缓下神来了，我便问道：

"哎，我们学校里有一个叫内堀百合江的同学。"

"嗯……噢。"

爸爸把手中正看着的洋文杂志放到了桌上。

"内堀银行的千金。"

"是吗？——那家银行经营得很稳健。金融危机也顺利渡过了。现在的掌门人内堀可是个相当杰出的人物啊。"

这些事对我来说都无关紧要。

"今天我和她聊天，她说，她爷爷和爷爷的哥哥兄弟俩关系很糟，为此她很困惑。——有那么回事吗？"

"啊，内堀家族上一辈的事呀。那两个人的纠葛还有点特别呢。"

"噢，您知道的呀？"

"不是什么知道不知道的事情，那是非常有名的事件哦。那时爸爸还是个小孩子，是在甲午战争和日俄战争之间那段和平时期吧。”

真没想到是那么久以前的事了。看来根源很深啊。

“小孩子？——小孩子的耳朵还挺关注大人吵架的事嘛。”

“所以刚刚不是说特别吗？家里现在除了英文报纸之外，还订了《朝日》和《东京日日》。”

“是啊。”

“当时送来的报纸只有《东京日日》。爸爸喜欢阅读，所以经常浏览报纸。这样就知道了那起‘活人的讣告’事件。”

这可真是让人大吃一惊。我正想要继续问下去，爸爸站起来喊妈妈道：

“喂，有什么水果吗？”

酒气散尽嘴巴馋了吧。爸爸啪啪地拍了拍腰带，重新坐到了椅子上。

“那是一起很罕见的事件，也因此成为大家议论的话题。我感到很惊讶，特别找出了几天前的报纸，大家指指点点地传阅了一遍。那真是令人难忘的事件啊。”

“——到底怎么回事啊？”

“内堀兄弟分别属于两家不同的公司。好像是一方要银行贷款给电气公司，另一方说不行，从这件事情开始关系慢慢闹僵了。如果就这点事的话也就好办了。但是，就在这个时候，据说一方在报纸上刊登了另一方的死亡讣告。”

我惊讶得连嘴巴都合不上了。

“太过分了。——这种人的人品很值得怀疑。”

“是吧。活着的当事人大怒，觉得太不吉利了。理所当然的，到了这地步也就已经无法挽回了。”

厨师前岛给爸爸拿来的不是水果，而是用玻璃小碗装着的冰淇淋。

“噢，这个太好了。”

爸爸心满意足地用调羹吃起了冰淇淋，而我却陷入了沉思。

如果干那种事的人是百合江小姐的爷爷的话，那就没有希望了。那样的人是不会因为顾及孙女的感受而点头同意的。

“……那么，是开银行的那个，还是卖灯具的那个？是哪个内堀先生干了那种事呢？”

“……嗯，吵架事件倒还记得很清楚，不过，到底是谁干的呢？——反正呐，社会上是谴责声一片啊。爸爸的爸爸是军人，听了此事后胡子都气歪了呢。你爷爷说啊，在上野都要建西乡先生的铜像了，连国家都要化解宿怨的时候，却有人做出刊登自己兄弟虚假讣告的事，做法实在卑鄙，真是岂有此理。”

说得对——我想。但这样的事，问不同的人情况可能完全不一样。

第二天，我和百合江小姐又去了鸡舍前。大概那些鸡已经认得我们了吧。我们把手搭在栏杆上，一边看着那些走来走去的白鸡，一边说着话。

我将别姬小姐的话原原本本地传达给她。不过，不好意思，我是作为“考虑了一天得出的我的意见”来说的。我只能这样做呀，因为除此之外，我想不出更好的主意。

然后，我试探着提到了那起“讣告”事件。没想到，百合江小姐却说道：

“真没想到，那家的老爷子，做了坏事还蛮不讲理呢。”

“啊？”

“报纸上确实刊登了——那条关于我家晃二郎爷爷的不吉利的通告，

是以那边的爷爷的名义登的。——这种情况下，居然还说全部是这边的计谋。”

“为什么？”

“说是那种事大家马上就会知道不是真的，人们的指责都会集中在刊登讣告的人身上，会把刊登者骂成‘干荒唐事的家伙’，而‘被死亡’的人是不痛不痒的，所以，讣告是这边为故意找麻烦而精心策划的。——也就是说，倒打一耙呢！”

朱丽叶像是亲眼所见似的说出这样一番话来。嗯——，看来要解开这场纠葛绝非易事啊。

7

星期天是说好我跟着雅吉哥哥出去参观学习的日子。我们在家里吃过中饭，乘着别姬小姐驾驶的福特车，首先向上野而去。

车子驶过松坂屋百货店的前面。

“自行车呀、拖车呀、汽车呀，真让人眼花缭乱啊。”我说道。

“是呀，从广小路到上野车站前面这一带，在帝都也是有名的事故多发地。”

别姬小姐若无其事地说道。以事故多发而闻名可不是什么好事。车子没有拐向车坂方向，而是往坡上驶去。再向左转马上就是帝室博物馆了。

“谢谢。后面的路我们坐出租车就可以了。”我说。

别姬小姐下车目送我们离开。

关于卷轴画，到底是学士先生，哥哥给我讲解得很详细。《圣德太子画传》、《清水寺缘起》等都展出了。《饿鬼图绘》真是吓人，上面画着鼓起肚皮的怪物，简直让人目不忍睹。

“真丑恶呀。”我说。

“这就是艺术的难懂之处。有一种美被称为丑恶美。”

“是吗？”

听说隔壁就是帝国图书馆。我有点心动。可是，哥哥却一马当先，径自穿过马路而去。往那里走就是上野公园了。

今天是星期天，天气又好，因此外面人头攒动。一个在自行车后座上驮着货箱的男子，挂起一条上书“上等豆沙面包　八个一毛”的纸条，开始做起了生意。豆沙面包很受欢迎。男子从货箱里取出面包，一个个放入纸袋后摆放出来，颇为畅销。新鲜食品，得赶快卖掉呀——我还有些杞人忧天地替他担心。

来到山下，西乡先生铜像的周围更是一片黑压压的人群。我们选择了从远处眺望。我突然想起——内堀家的纠纷，就发生在要建造这个铜像的时候。

我们沿着台阶而下，穿过马路，拦了一辆出租车，前往日本桥的白木屋百货店。我不由得想起去年年末在那里发生的那场火灾，从那以后已过去半年多了。

店堂里非常热闹。人们似乎已经忘记了那段惨痛的记忆。对许多人来说，快乐都市的象征还是百货商场。

《服装展》很值得一看。观众可以通过各种各样的绘画以及穿在人偶身上的衣服等来直观地了解服装发展的历史。这和观看书中的黑白插图相比，感受还是不同的。

服装展上还看到了雅吉哥哥所说的“虫垂衣”。它的第一个作用应该就是防灰防虫吧。从视觉上来说，大概还有作为女人不想让别人看到自己的脸的意思吧。不过，有道是“雾里看花花更美”。面纱背后的那张脸，往往被想象得比实际还要美丽好几倍。那和式婚礼上新娘子戴的白蒙头纱肯定也有这样的效果。

江户美少女们跳七夕舞时的服装是友禅染，从肩头到腋下斜斜地系着艳丽的束袖带，绾着岛田发髻的头上围着紫色缎带，上面插着两朵金花，非常华丽。

在慢慢的欣赏中，不知不觉已到了傍晚。百货店的餐厅里人山人海，非常拥挤。我们坐上出租车，从银座来到筑地。

我们兄妹俩在旁人眼里看起来就是年轻的一对。世人的眼光是严厉的。也出于这方面的顾虑，我们去了花村家常去的日式餐馆。爸爸对这家餐馆颇为偏爱，我们从小就随家人常来。

在举行派对时往往以西餐居多，餐桌礼仪也受过严格的训练。与此同时，爸爸大概也想让我们从小接触正宗的日本风味吧。

从暮色渐起的胡同到餐馆的门口已有些昏暗。我们穿过擦得一尘不染的走廊，走进铺着榻榻米的房间，里面的灯光让人感觉特别明亮。

在这家店里，我们兄妹也算是花村家的少爷、小姐。当然，就我们两个人来还是第一次。

“钱够吗？”

“一个人五块左右吧。”

哥哥拍着胸脯说道。大概是从爸爸那里以“教育费”的名义骗了不少。

“最近没吃什么像样的东西啦。今天就是要趁此机会，吃一点好的，满足一下口腹之欲，幸福一把。”

无聊的贫嘴。

哥哥接着说道："可是那个什么呀——老是说不景气、不景气的，可是听说顶级法国餐馆的全套大餐啊，却每天总是越贵的越好卖呢。"

"有钱的富得流油呗。"

"不过，任何时代都是这样的。"

"没钱的穷得叮当。——大学毕业了也不用去工作，真是好福分呢。"

哥哥表情认真了起来。

"是啊，我说想学习，就能遂心所愿。真觉得对不起社会啊。可是，小六子却是非常想出去工作的。"

"是吗？看上去倒是挺悠闲的呢。"

"其实不然。他家虽是世家，但实际上家里的经济状况已是捉襟见肘，靠着陆续变卖家里的土地，才勉强维持着生计。"

"……是这样啊。"

"嗯。他呢，是想去出版社的。听说在《主妇之友》，已经到最后面试阶段了，但还是没录用。讲谈社、文艺春秋社——也全部被筛下来了。哪儿都是几百个人争一个职位，形势非常严峻。那个讲谈社，说是要从早上九点一直工作到晚上十一点半呢。即使这样，想要进去的人还是成群结队呐。"

"……真的是'大学毕业了，饭碗在哪里'呀。"

"要是没有着落就那么毕业出去，以后会更惨，所以他才硬着头皮进了研究生院的。他期望着老师能介绍他到地方上去教书。"

"让老师介绍还不如哥哥你帮他说说，把他塞到咱家的哪个分公司里没问题吧。"

哥哥显得有些心情沉重地说道：

“——可是，那个家伙最讨厌这种事了。”

日本料理上菜需要花些时间。我感到气氛有些压抑，正想换个话题的时候，蓦然间想起了那首奇妙的诗歌——“荒野狂熊吼，黑夜更深沉。”对于道子小姐，我只能告诉她别姬小姐所表现出的那种没有反应的反应。不过，这事一直让我感到有些困惑不解。既然是出现在大学校园里的打油诗，那么，问问现在身在大学校园里的人不是最合适不过吗？

听了我的背诵，哥哥若无其事地说道：

“不就是荒野狂熊之歌吗？”

“那当然，开头就是‘荒野狂熊’嘛。”

“我跟你说吧，‘荒野狂熊’可不是熊哦。”

我不由得疑惑起来。难道麻雀不就是麻雀，竹鸡不就是竹鸡吗？

哥哥继续说道：

“——这里说的是段仓荒雄。此人学的是东方思想，在好几个学校里讲课。他身体结实，在讲台上两手一撑，探出身来，那个姿势和咆哮似的声音让人联想到熊。再加上荒雄这个名字，被人称作“荒野狂熊”。——最近，此人放下自己的专业研究，正忙于对自由思想、民主思想的抨击呢。因为他特别能说会道，文笔又好，所以那些政治家把他当宝贝疙瘩呢。”

“怎么回事？”

“政治家嘛，总有许多想要赶下台去的对手，没有毛病也要给他找出毛病来进行攻击，如果因此而能让对手下台，那就要高兴得欢呼万岁了。”

“就是在帮着找茬找理由呐。”

“他本人也许是想一心为国吧。那样的事情做得多了，他的发言也就有了分量，就像阿波罗的神谕一样。‘要是遭到了那个家伙的攻击，就会被社会所抛弃'、'如果被他盯上就完了'，就是这种情况。——在一部分人看来，遭到段仓老师批判的人就是危害国家的逆贼。他就有这样一种使人深信不疑的奇异的力量。——在大学老师中，遭受他的攻击而不得不辞职的人就有好几个。——不过，也有一位老师没有俯首说'您的歪理很有道理'，还发表了精彩的反驳文章。据说那位老师无论是人格还是见识都很杰出，在学问上也是百年一遇的天才。——被反驳得无言以对的"荒野狂熊"怒不可遏。因为不管谁看了，都会觉得那位老师的理论才是正确的。可是，对于那些狂热的信奉者来说，那是不能容忍的。他们认为那位老师在强词夺理，是危害国家的害虫。"

"那位老师后来怎么样了？"

"不久就被歹徒残忍地杀害了。"

我感觉房间里的灯光一瞬间昏暗了下去。

"啊……"

"警察调查后说是入室行窃的小偷所为，只是由于犯人逃得仓皇，什么都没有拿走。"

"这么说，每次那个荒熊老师一吼叫，天就益加黑暗了。原来'段仓'的读音 DANKURA 意味着越来越黑的意思，黑夜（YO）和世道（YO）也是发音相同的双关语呀。"

哥哥摇了摇头说道：

"即便是即兴编的，也编得不怎么样。打油诗的话，也该再稍微编得巧妙些才行。"说到这儿，哥哥像是突然想起来似的问道："这首诗你究竟在哪里看到的？"

"是学校里的一个朋友抄下来的，说是不知道什么意思。"

"这帮千金小姐们有时可真会玩一些非同寻常的东西。不过不管多么闪耀，燃烧的煤炭是不能拿在手里的，那样只会引火烧身。这种事可不能随便乱说的噢。”

可是雅吉哥哥的声音从开始到现在也都没有小下来啊。小心隔墙有耳。

“那个荒熊老师的课很受欢迎吗？”我问道。

“学生中支持他的人也就那么一小撮。我有个同学去听过他的课，就像去听说书一样。据说那家伙一旦兴奋起来，就会自我陶醉，开始大声吼叫，煞是好玩。我那同学就像是站在高处看演戏一样嘲笑说‘荒熊先生今天也很精神呐’。——不光是学生哦。现在，很多地方都时髦叫荒熊去演讲呢。”

“就像我们家里请说书先生、魔术师来表演一样？”

“是啊。只要是荒熊到过的人家，思想上应该没有问题——有这样一层意思呢。叫他来就好像贴上一个避邪的护身符一样。当然，在他走之前会备一份重金给他，而这又成了荒熊先生的活动经费。”

也许我是一个脱离现实的天真幼稚的人，但是，在这个参观学习日的最后，我感到有一幅怪诞的画卷被展开了。

8

百合江小姐告诉了我后来发生的事情。当她“哭着央求”爷爷的时候，爷爷似乎非常惊愕。偏偏是自己喜爱的孙女，说出了那个可憎之人的孙子的名字。爷爷的惊愕那是当然的吧。“不过，爷爷是一个曾经去过英国的绅士，他很注重光明磊落地做事。所以，对于东一郎先生，爷爷承诺‘公正地调查他的为人品行’。我想爷爷绝对不会做出那种歪曲事实的事的。”

听她这么一说，似乎是内堀灯具一方提出来的那种说法——自己登了那则卑鄙的“讣告”——就显得可疑了。不管怎么说，那究竟是什么样的一则“讣告”呢？“哎，你家和卖灯具的内堀家矛盾的根源——那个‘奇怪的讣告’，你有没有看到过？”

“怎么可能呢？那可是日俄战争之前的事啊。”

“前几天我去了上野的博物馆，在它的隔壁——就是帝国图书馆哟。”

百合江小姐对这种跳跃式的话题转换感到莫名其妙，歪着头问道：

“怎么啦？”

“帝国图书馆里收藏着所有的书籍报纸吧。哎，下次我们一起去查一下——当时的报纸怎么样？”

百合江小姐“啊”地张大了嘴，然后深深地点了点头。

回家途中，问了一下别姬小姐。她不愧为博学多识之人，帝国图书馆以前去过好几次了。

“冬季里光顾的男士非常多，一大早排队的人就摆起了长蛇阵，早晨的雾霭中排列着一溜的长大衣。很多人都是到普通阅览室进行考前学习的。排到最后，正好轮到自己前面时限制入场了，只能扼腕叹息。在有空位之前，只好在上野山上踏着冰霜打发时间。碰到这种情况的人好像还不在少数。现在去的话，应该比那时要好多了吧。”

“那女的怎么样呢？”

“妇女阅览室比一般的房间要空一些。也就是图书馆了，女士更容易占到位子。光顾的人多半是为了考助产士、护士而在这里进行考前学习的。”

真是消息灵通呀。有这么一位领航员，就不会找不着道了。虽然拜托哥哥的话，他也会带我去的。可是，那就不是秘密调查了。正因为是悄悄地去做，才让人感到兴奋。做平常做不了的探索，这正是我想尝试的。

到了下一个阴沉的星期天，我坐着别姬小姐驾驶的车，首先来到位于高轮的内堀家，然后和内堀小姐一起前往上野。

我对家里说是“到内堀小姐家去”，而百合江小姐则说是“应邀去花村小姐家”，就这样我们出发了。衣服也没有穿显眼的洋装，而是穿了最一般的铭仙绸和服。流行花样的铭仙绸和服，现在可是随处可见的。

当福特车停下来的时候，我对驾驶座上的别姬小姐说“你也一起来”，她没有犹豫就回答了一声“是”。光两个女孩子去的话，会让别姬小姐觉得担当不起这个责任的，况且我也有些许不安。

但是，下车来一看就明白了：身穿白麻制服、头戴佩有家徽的帽子的别姬小姐，就像鹤立鸡群一样显眼。她身材高挑苗条、脸庞轮廓分明，就像从美国电影里走出来似的。有这个人在后面跟着，我们两个也变得非同一般了。别姬小姐举起一只手说：

“就是那里了。”

抬眼望去，眼前是一座远远超过我想象的高大建筑。由白色石头和装饰面砖堆砌的墙面雄伟而美丽。在周围一带与茂密苍翠的树木相衬的沉稳的色调中，一只鲜红的邮筒显得格外耀眼。好像就是从那里进去的。

我按照别姬小姐教的，到入场券销售处说道：

“三张特别券。”

特别券价格要贵，能多借些书，但更重要的是，据说必须持特别券才能出借从前的报刊。

接下来是在寄鞋处寄了鞋，换上穿着红色夹带的草履。

“据说这个以前用的是冷饭草履。”

“冷饭草履？”

别姬小姐笑着解释道：

“就是那种连夹带都是用稻草做的、很粗糙的草履。”

原来有钱人家的小姐不知道啊——别姬小姐的笑容里含着这样的意思，但那是一种鸟妈妈看着雏鸟的感觉，没有一丁点让人讨厌的成分。

说到有红色夹带的草履，让我想起小时候跟着大人去百货店时，也会让顾客换上。日本的道路大多没有铺成水泥路或柏油路，所以下雨天来的顾客，鞋子上都沾满了泥巴。以前一直听人说，在日本要有像欧洲、美国那样穿着鞋子就能进去的百货商场，那简直是天方夜谭。

不过，这样的天方夜谭最近已经成为现实。在这个帝国图书馆里，以前馆内穿的冷饭草履也已换成了以前百货商场里的红色夹带草履了。虽然进展缓慢，但却都在进化。

楼梯非常宽敞，支撑栏杆的部分呈黑色几何图形。我们顺着楼梯往上走，中途从窗口通过郁郁葱葱的树木间隙望去，可以看到表庆馆颇有特点的屋顶。

对我们来说，并不需要花时间检索卡片来寻找要借的书籍，我们的目的只有一个，那就是明治三十一年的《东京日日新闻》。

“西乡先生铜像在上野建成的那年”是关键。我在家里的名胜指南上确认了年份。当然，也许爸爸的记忆也有偏差，不过，像这样与具体的事实相关联的记忆，说不定出人意料的正确。

我们三人将各自能借的数量都填上后，跟着别姬小姐往妇女借书处走去。一般读者借书处都排着队。这儿果然是女生比较方便。

我在别姬小姐之后第二个递交借书单。不曾想，穿着黑色制服的工作人员，闪动了一下眼镜深处的眼睛，看着我说道：

“这里只有满十五岁以上的人才能借书……”

我吃了一惊。按照实足年龄来算，我和百合江小姐都还差一岁。刚要开口，没想到，那个工作人员却用眼睛制止了我的回答，直接将我的借书单接了过去。世上还是好人多啊。

别姬小姐小声地道歉道：

“实在不好意思。因为我自己能进去，就疏忽了年龄限制。”

这个人也会有疏忽的时候呀。我不由得感到很开心。如果她事先知道的话就不会来了吧。只要结果好就一切都好。

等了好一会儿，才终于拿到了像山一样的一大堆报纸。这些报纸都已经装订成册了。这些成叠的纸张竟然出人意料的沉。刚想要往妇女阅览室方向去，出了点小小的意外，被告知报纸要在特别阅览室里查阅。大概查阅报纸在分类上属于研究性质吧。

也许是考虑到了采光的缘故吧，不管哪个房间的天花板都很高。在特别阅览室里，有一根像是耸立在希腊神殿里一样的白色柱子，从深褐色的底座霍地向上挺立着。被它支撑着的天花板上，那灰泥花纹雕刻得煞是精致，令人久看不厌。不过，眼睛老是往上看的话，不知到这儿是干什么来了。

在室内看了一圈，却没有找到可以三个人坐在一起的空位，只好我和百合江小姐坐一块儿，别姬小姐一个人坐在另一处。对于异己分子女人的侵入，起初投来奇异的眼神的先来者们，而后又马上把注意力转回他们自己的书本上去了。

阅览室里不能讲话。我们默默地翻看着那些装订成册的旧报纸。在我出生之前遥远过去的记录就这样保存着。那时候，我的爷爷、奶奶对这些报纸上刊登的事件大概也是时而惊奇时而兴奋吧。本来我只要看讣告栏就可以了，但不知不觉就看起了那些报道来。

对于爱知县六十多名女工的罢工事件，明治时期的《日日》报是当作奇谈来报道的。大概是觉得如同鸡——不，如同狗在天空飞翔一样奇怪吧。真是时代变了。明治时代的人，要是知道了现在报纸上闹得沸沸扬扬的松竹少女歌剧团成员罢工的事和粉丝们的那种狂热劲的话，该有多么惊奇呀。

——正当我沉浸在感慨中的时候，百合江小姐拉了拉我的衣袖。坐在斜对面的别姬小姐，正举起一只手向我们示意。

看来要找的东西已经找到了。

9

以前，需要复印资料的人好像是带摄影师来的。不过，现在贴出了这样的告示：自今年起，开始使用从德国西门子 · 舒克特电气股份有限公司购买的自动复印机。

日本只有一台。据说只要十分钟，就能自动完成从拍摄到显影、冲印、烘干的一系列步骤。真是了不起。

我很想看看到底是一台怎样的文明之利器，可是我们要找的那个讣告只要抄写一下就能轻易完事了。讣告用黑框围着，内容是这样写的：

弟内堀晃二郎因病医治无效，于昨四日去世。特此讣告。

明治三十一年四月五日　内堀洋一郎

富田鹤

真是奇怪——虽然这么说极其失礼，可是这则讣告刊登出来之后过了两天，又登出了这样的告示：

四月五日广告栏刊登之关于本人去世云云之事，纯属乌有。本人身体甚为壮健。内堀银行也承蒙诸方厚爱，日益繁荣壮大。而有嫉恨之人，散布此等不屑谣言。特此声明。

四月七日 内堀晃二郎

我们各自抄写后还了报纸来到外面。坐进福特车之后，也没有马上开车，而是谈论了起来。

百合江小姐微微涨红着脸说道：

“原来是真的啊。”

“那个，后来那则公告——你爷爷非常生气啊。”

“那当然。”

孙女也似乎重新燃起了怒火。对当事者一方来说那是自然的吧。不过，反驳文章开头的“本人去世云云”，还是感觉有点滑稽。正当我努力不要笑出来时，前面驾驶座上的别姬小姐说话了。

“那位‘富田鹤’是什么人啊？”

这个人的名字堂而皇之地写在讣告后面，反而让人在别人提到之前没去注意。

“当然是亲戚吧。”

可是，百合江小姐沉思了一会儿后却皱起眉头说：

“富田……富田这个名字没有听到过呀。”

“三十……五年前的事了吧。那么久之前的人，不知道也不奇怪啊。”

“可是，在讣告上却是和兄长的名字排列在一起的呀。排在兄长之后的应该是亲戚代表吧。”

“……那倒也是啊。”

在形式上应该是这样的吧。

“如果是这样的话，那我也应该至少听说过名字呀。即使没有听到过‘富田鹤’本人的名字，那也应该听说过富田这个姓吧。”

“这个容易。你去问一下你晃二郎爷爷不就行了？”

百合江小姐刚要点头说“知道了”，这时，坐在驾驶座上的别姬小姐不动声色地插嘴道：

“那个我觉得还是不要去问的好……”

不能理解。

“咦，为什么？”

“这个讣告很明显是出于恶意的。晃二郎先生愤怒地认为‘是嫉恨内堀银行兴盛的人干的’。所以这和一般的讣告不同。那么，排在后面的与其说是亲戚代表，不如说是恶意的代表吧。‘富田’可能是晃二郎先生不愿想起的名字吧。——我想，晃二郎先生大概不想从孙女的口中听到这个名字吧。”

“嗯……”

别姬小姐是想说不要一开始就轻率地提及此事，所以她事先给百合江小姐打了一支预防针，以防出现那种事态。

10

话虽如此，但在从前传下来的故事里，当女孩被叮嘱说“不可以打开这扇门”时，一般总会去打开的。

这个六月，从新宿车站开出了一趟“目的地不明的列车”。有目的地才会去乘列车。花钱去坐一趟不知开往哪里的列车，真有这样的好事之徒吗？——此事成了大家议论的话题。没想到，聚集的乘客似乎还相当多。这大概是因为人总有一种“越是目的地不明，就越想亲眼看个究竟”的欲望吧。

几天后，百合江小姐在洗笔处对我说道：

“那件事我已经问过了。”

“咳？”

“就是富田鹤的事。”

“问你爷爷了？”

“哪能呢。不过，管家海老冢是一直在我家的——从学生时代开始就住在我家帮着做事。”

“三十五年多了？”

“是啊。”

洗毛笔的其他人都走了，就剩下我和百合江小姐。百合江小姐说道：

“我估计他已经六十出头了，也没结婚，一心只想着工作。”

“真是忠仆啊。”

“是啊。有什么事问他的话基本上都应该知道的。可是，当我问起‘富田鹤这个人你知道吗？’时，真是出人意料啊。”

“怎么了？”

“就好像突然遭到雷击似的，脸色大变呢。颤抖着嘴唇问我：‘在哪里听到这个名字的？’我跟他提出交换条件说：‘你告诉我她是什么人，我就告诉你。’他却一下子闭紧了嘴巴不说话了。任凭我怎么反复地追问，就是一口咬定‘不知道’。——按理说他不会不知道啊。”

“是啊。”

“没办法，只好转换方向。这次我问了一位叫阿辰的老奶奶，她倒爽快地回答了我。”

“哦，这么说你已经知道了？”

百合江小姐用力点了点头说：

“说是很久以前——明治的时候，家里雇用的一个年轻姑娘。”

这太让人吃惊了。那样的人竟然成了讣告的署名人。

“这么说……”

当然又有新的疑问出来了，不过这个不太好问。百合江小姐的爷爷难道对那个年轻女孩做了什么让她怀恨在心的事吗？

对于这个疑问，百合江小姐主动跟我说明道：

“她好像也没多想就说是家里雇用的女佣。可是，当我问到那个人和爷爷有什么事时，她就像贝壳一样闭上了嘴，就是不告诉我呐。——我非常生气，所以装出什么都知道的样子，甚至还透露了那个讣告上的名字。她觉得我‘连这些都知道了’，就只好老老实实地开了口，断断续续地告诉了我从前发生的事情。”

百合江小姐子还真像一个老练的演员。她继续说道：

“——那还是爷爷年轻的时候，和那个女孩发生了关系。爷爷是个光明磊落的人，本打算好好照顾她的。可是，那个女孩却消失了。从那以后没多久，就发生了那个讣告事件。当时有传言说啊，可能是那个叫鹤的女孩跑到了那边的内堀家，诓骗了洋一郎先生。”

百合江小姐因为是自家人，所以好像没觉得什么。可是，在外人听来，那是很严重的事情，简直是为所欲为。不过，即使在今天的昭和年代，对于当佣人的女孩来说，也绝不是什么稀奇的事吧。

“是真的吗？”

“爷爷考虑到今后的事情，好像想方设法进行了调查，甚至还让警察到富田鹤的家乡调查了。不过，最后好像还是没有找到富田鹤的行踪。”

这事对内堀家来说并不光彩，不应该随随便便跟别人说的，但我还是告诉了别姬小姐，想听听她的意见。

“那个富田鹤登了讣告——有没有这种可能呢？”

“……不可能吧。登讣告是要花钱的。从东家跑出来的女孩应该没有这个闲钱——那么假如她想倾其所有登了讣告，然后一死了之的话会怎么样呢？可是，如果这样的话，也没必要写上洋一郎先生的名字呀。只要堂而皇之地写上自己的名字就行了。……更为重要的是，一个做佣人的女人，她的脑子里是不会想到在报纸上登讣告这种报复手段的吧。还不知道她到底会不会写字呢？……更何况那还是明治时代的事了。”

我们的交谈是在行驶的车子里进行的。虽然开着车窗，但车里还是感到很闷热。

11

当暑假结束、秋风渐起的时候，百合江小姐邀请我去内堀府邸。

“那是一个严肃话题的演讲会。政界商界的少壮人物、陆军的将校军官也会来听。我也会在最后面的妇女席位上正襟危坐着的。——到时候请你来坐在我的身边好吗？”

真是奇怪的邀请方式。

"我可不喜欢那种拘谨的集会。那种严肃的话题，光上课的时候就已经够多的了。"

"可是，我心里不踏实，就请你坐我身边吧。其实……"

哎哟，原来是她的罗密欧也要作为商界的一员露面呀。

"啊……这么说，进展顺利咯？"

"不知道能不能说顺利。总而言之，在对东一郎先生的为人品行进行调查之后，说是找不出什么毛病。——很能干，口碑也好。人家都说他将来会成为一个好社长。品行方面也完全没有什么不当之处。"

百合江小姐带着自豪的表情说。

"那太好了。"

"最后的决定是——先让他跨进我家的大门看看。还不是正式的邀请，爸爸妈妈也不特别接待，只当作偶然来听演讲的人中的一个来看待。"

"对方家里是什么反应？"

"那边好像也很是折腾了一番。家庭会议上也是争论不休，有的说'不应该先去那边'，有的说'要让对方道歉'什么的。不过，意想不到的是，倒是那边的爷爷发话说：'行了，别争了。我也累了，不想把争执带到地下去。本来就是同根生的内堀，若能借此机会，摒弃前嫌，那也很好啊'。"

正如别姬小姐推测的那样。大概那边也对百合江小姐进行了调查吧。这边怎么说也就是个女学生，是在百般呵护下生长在温室里的花朵，也找不出什么问题吧。总之，可喜可贺的是，两家踏出了修复关系的第一步。

"那边洋一郎爷爷的爱好说是喜欢收集浮世绘。"

突然改变了话题。怎么回事啊?

浮世绘在江户末期到明治初期简直是一钱不值，很多流失到了海外，而在海外却受到了高度评价，据说还对梵·高等画家产生了影响。既然老外大加赏识的话——于是在日本也得到了重新评价。近年来，在银座等地也举办过展览会。

“说是北斋什么的画显得夸张，要从伺候起来方便一些的明治时期的画作中，选一幅他喜爱的，让东一郎先生拿过来呢。”

“那是和解的象征吧。”

“是啊。”

“你家里有谁懂浮世绘吗？”

“我们家里都不懂。爷爷和爸爸对艺术类的东西毫无兴趣，现实着呢。墙上挂的画好像也没什么好的。噢……对了对了，海老冢——”

“那个管家？”

“是的。那个海老冢好像是个不小的收藏家，休息天经常到店里去转悠，一点一点不停地买回来收藏着呢。”

“是吗？这样的话，那边的爷爷和这位管家应该会谈得来吧。”

“这就难说了。”

百合江小姐反应有些冷淡。确实，再怎么兴趣相同，这两个人也不太会有相遇的机会。而且即便同是收藏浮世绘，但无论是质还是量大概有天壤之别吧。

“不过，因为是他的爱好，所以我已经告诉过他了，说有一幅浮世绘要送来。他听了以后想了一会儿对我说：‘难得的好事啊，我来把那幅画挂在会场的大厅里怎么样？我觉得这是你们两家修好的第一步，送画来的内堀先生也会很有面子。’我听了也很赞同呢。”

“布置会场什么的，都是由他来操办的吗？”

“家里举办活动都由海老冢一手掌管。——嗨，说到底，主要还是他自己想看那幅画吧。”

遇到自己的爱好，谁都会热衷的。百合江小姐的话也许还真说对了也不一定。

这个姑且不说。想到小女子我也能为别人做点有益的事情，于是我便说道：

“那我就去打扰了。”

听那些高深的讲话时，我尽量注意不打瞌睡吧。

“我太高兴了。”

百合江小姐总算放心了。这时，我突然想起来问道：

“演讲会由谁来主讲啊？”

百合江小姐说：

“一个名字很奇怪的老师，好像叫段仓什么的——”

12

那首打油诗的解释，我已经跟别姬小姐说过了，她没有什么特别的反应。

我把百合江小姐跟我说的话又告诉了别姬小姐，另外还跟她说了当天的演讲者就是段仓，别姬小姐还是只说了句：

“是吗？”

不过，大概是心理作用吧，我觉得她在回答前的时间间隔有点长。

百合江小姐叫我早点过去。我提前两三个小时就到了，在她的房间里听听西盖蒂的唱片什么的消磨时间。百合江小姐一直在留意着汽车的声音。

不久，有人敲响了房门。

“我是海老家。”

推门进来的是一位面颊消瘦、头发稀少的老人。

“什么事？”

“内堀先生来了。”

大概事先吩咐过来了就通报的吧。时间还早得很。虽然说好这边的父母不作特别的欢迎，但是为了表示诚意，所以就那么早早地来了。说起来也是理所当然的。

“已经领到休息室了吧？”

“是的。——送来的见面礼品我也已代为收下了。”

知道罗密欧已经到了同一个屋檐下，百合江小姐明显地开始坐立不安起来。

“哎，在家里四处看看吗？我给你带路。”

我明白了，就是为了这种时候才把我叫来的呀。果然，百合江小姐把我带到了休息室。坐在事先准备的座位上的还只有寥寥数人。百合江小姐朝一个穿着朴素西服的绅士溜了一眼。因为不是派对，所以大家都没有穿礼服。

我正想着她接下来会怎么做时，百合江小姐便做出了大胆的、不露声色的邀请。那位绅士就像是被百合江小姐握在手里的一根看不见的线操纵着似的，踉跄着站了起来。我不禁心中惊叹：原来这就是恋爱的魔力啊。

百合江小姐对来到门口的绅士说：

“怎么样？您不去看看会场的布置吗？您送来的那幅画已经挂在墙上了……”

说得真是又自然又妥帖。哪怕短暂的一会儿，也想方设法要呆在一起啊。两人和我这个电灯泡一起向大厅方向走去。

用作会场的大厅原来大概是用来跳舞的房间吧。现在摆上了椅子，靠墙的地方设了一个讲台。讲台后面是大理石的壁炉，上方挂着那幅镶在画框里的浮世绘。

走在前面的罗密欧停下脚步，突然转过身来。哦，要等百合江小姐上前啊。这么近距离看去，真是一个眉清目秀的美男子。然而，从他那轮廓优美的嘴里说出来的，却像是舞台上那种让人讨厌的反面角色说的台词。

“对不起，我们俩有事要单独谈谈，请你离开一会儿好吗？”

就这样，我成了滑稽的小丑。哎，算了，不是有句古话说“窈窕淑女，君子好逑。坏人好事，被马踢死”吗？这种时候我还是爽快地撤退吧。

凭着记忆原路返回，来到百合江小姐的房间，坐在沙发上静候朱丽叶回来。

13

亲眼见到段仓这个人之后，让人联想到了荒野狂熊以外的其他东西。大概是穿着黑色外褂的缘故吧，我觉得他就像一只巨大的甲虫。

“所谓国家，就是秩序。秩序就是美。”——演讲就这样开场了。

设在后排的妇女席位上，也坐着七八个听众。当然，其他二十来位都是男士。不知道他们都是以怎样的关系来到这里的。虽然里面没有穿制服的人，不过，只要看一眼他们穿着和服的背影，就能马上辨别出哪几个是军人。因为他们的姿势不同，而且坐在那里身体纹丝不动。

演讲的内容涉及历史的必然性以及随之而来的帝国及其臣民的责任和义务。语调和语言的选择上有一种让人感到狂野而为之陶醉的东西。有人被他的演讲所吸引也是可以理解的。

但是我却始终没法有好感。因为我所喜欢的词语——自由，无法避免地，正遭受着他的践踏。

这些暂且不论。从正面望去，我总有一种异样的感觉。直到五十分钟左右的演讲接近尾声的时候，我才终于回过神来：原本应该挂在段仓身后壁炉上方的那幅画，不见了踪影。

这对听众来说是无关紧要的事。可是，我是知道那幅画的来龙去脉的。对于开银行和灯具店的这两个内堀家族来说，那幅画应该是有着重大意义的。怎么会消失了呢？难道罗密欧和朱丽叶之间发生了什么事吗？以至于撤下那幅画——就当一切都没有发生过一样的什么事情。

我很想问问坐在旁边的百合江小姐。可是，整个会场充满了一种严肃的氛围，除了演讲者的声音之外，似乎连掉一根针都能听到。这样的场合，怎么能“哎哎”地打开话闸子呢？

演讲结束后，大家到了另一个房间，围着桌子开始了自助餐形式的联谊会。夜幕即将降临，而且我也不想从这些男人堆里挤进去拿吃的，想早点回家。不过，我还是有些放心不下那幅画的事情，本想问一问百合江小姐后再走，可她却正和别人进行着社交性的交谈。大概她觉得光和罗密欧说话有些不妥吧，所以就在天女散花似的应酬着。我觉着去影响人家交谈也不妥，于是就干脆来到露台上吹风。没想到的是，那里已经有一个穿着和服的背影了。看来也是从人群中溜出来的吧。

那个人听到动静回过头来，向我轻轻地用眼神致意了一下。

我不由自主地拿他与罗密欧比较起来。他不是罗密欧那样俊美的男人，但却让人感受到一种能够温柔地接受你的东西，也许可以称之为一种赏心悦目的包容力吧。

虽然不清楚他的年龄，但从那稳重的样子，看上去比哥哥要大几岁。现实中的雅吉哥哥一副让人觉得靠不住的样子，而那个人却让我感到一种抽象意义上的“兄长一样的感觉”。

“您……不去吃一点吗？”

问了这么一个愚蠢的问题。其实，我已经饥肠辘辘了。

“那种氛围，我不太适应。”

我终于明白了。在这个人身上，并没有聚集在这里的众人身上那种张狂的顽固。我感觉这是一个可以进行语言交流的对象。

“……今天的演讲您觉得怎么样？”

“我觉得情绪多于思想。我所期待的是用数据服人的东西——对改善日本的现状提供具体的启示的东西。”

可以说这是具有批判性的意见。不管形式如何，能听到这样的声音，是我始料未及的。我产生了一种我们同是露台派的感觉，不由自主地说出了自己的感受。

“自由难道是美的敌人吗？刚才的演讲说，秩序才是现代日本所需要的美丽的紧张，而自由之名的涣散是国家的仇敌。——我觉得自由中也能诞生美丽。”

露台的对面是一个池塘和一片树林。这里和数步之隔的室内迥然不同，各种虫子的鸣叫声不绝于耳。天色已黑。从屋内透出来的灯光和庭园里的黄色照明，营造出一种恬适的朦胧。

男人在秋风中笑了起来。

“我是一个军人。”

“我知道。”

那举止、姿势，怎么看都是一个穿便服的军官。

“您真是大胆。”

“是的……”

那个人认真地回答道：

“国家好比一支行进的队伍。如果大家都自由地朝着自己的方向行走的话，那就不是一支行进的队伍了吧。”

“我认为您的这个回答似是而非。因为行进的意义不明确。如果说国家是一支行进的队伍，那么我觉得行进的方向应该是孔子所说的仁，或者不杀戮之类的最基本的德。当脱离了仁、德的主义主张强加于这支行进队伍时，行进的方向不就偏斜了吗？外在的行为和内在的精神都会偏了方向。——我所说的自由，是在朝着最基本的德行进的过程中，可以向右也可以向左的自由；是侧耳倾听鸟儿的鸣叫声、抬头仰望天空中的云彩的自由。——只有从这样的自由中，才能产生人比机器尊贵的思想。”

“否定束缚人的主义主张，那么此时大义又将如何呢？在您所说的那样的国家里，还可能存在黎民百姓应该共同守护的大义吗？”

“如果一个国家有绝对的大义的话，那么邻国也会产生别的大义吧。那样的话，人类就会互相残杀。”

我怎么就能够说出这样的话来呢？碰得不巧的话，哪管你是不是女孩子，大概早就把你打翻在地了。然而，那个人却像是在侧耳倾听虫儿们专心致志的合唱似的沉默着。过了一会儿，他又开口说道：

“没有大义，国家如何维系？我无法想象。如果没有大义，人这一生，不就只剩追求一己之私利、享乐和成功了吗？就像熟透的果实腐烂后掉落下来一样，那样的国家除了崩溃还能怎么样呢？”

我也竭力思考着。

“如果说……守护一个在行进中既可以往左看也可以往右看的国家……不靠大义这个魔咒来维系国家……这样的事情很困难的话，那么，我觉得，守护那样一个创造奇迹的国家，就是一种大义。”

“这种思想，是谁教的吗？”

这是一个危险的问题。

“不是，不是。——相反，老师们都在讲他们毫不怀疑的大义。比如说，帝国正在为拯救大陆的人民而战。我的同学中也有很多人热血沸腾地说，‘真想做一个男人，马上去参加正义的战斗’。我觉得他们的想法都很纯洁。——可是，我却不禁自问：如果别的国家说是为了拯救日本而发动进攻，杀了我和我的家人，我会觉得那是正义吗？”

那个人静静地说道：

“战争会使你不再觉得交战对手是和自己一样的人。我是一个军人。我只能成为军人。但是，我最憎恶战争的这种性质。——我的每一个部下，也都不是战争的工具，而是活生生的人。而且，在战场上兵戎相见的对手，也都是有生命的人。对我来说，这样想是在刀对刀、枪对枪时的一种礼仪。——归根到底地说，您所说的也是这么回事吧。——就是说，无论何时无论出生在哪个国家，无论拥有怎样的想法，人总是尊贵的存在……”

他将我不知何故就那么毫无防备地脱口而出的话作了这样的总结，我感到自己充满了欢喜。

“是的。”我答道。

“刚才，我说在这样的地方吃饭我感到不适应。”

“啊？”

怎么说起这样的话题来了呢？

“您刚才讲的话，对于作为军人的我来说，听起来确实有些刺耳。看得出，您是一位大家闺秀。——我可以说几句让您觉得不太好听的话吗？”

我只好点头。那个人继续说道：

“我不想在那里和他们同桌吃饭，是因为那里有精美的菜肴。您大概不知道那些菜肴的价格吧？”

“……不知道。我在一个餐厅吃过晚餐，记得是五块钱左右。”

“是吗？我想，如果您知道我的部下们老家的生活状况，您一定会感到震惊的，五块钱对他们来说是个什么金额。别说地方上，就是在这东京，很多人天不亮就开始不停地工作，干一天也只能到手五六毛钱。”

我无言以对。

“有五块钱的话，就可以让五十个饥饿的人吃上一顿咖喱饭……如果有众多那样的人能够挺起胸膛，高高兴兴地加入到您所说的行进队伍里的话……不管是一个怎样的队伍，我都会从心底里支持。”

羞愧这个词，大概就是在这种时候使用的吧。

“您鄙视我吗？”

那个人慢慢地摇了摇头。

“恰恰相反。您有自己的思想。——请不要误解。如果您听了我刚才的话而开始绝食，也是没有任何意义的。我并不希望发生那样的事情。”

“我……我叫花村英子。不好意思，能请教您的尊姓大名吗？”

那人立刻挺直了腰板。

“没有及时奉告，请原谅。我是陆军少尉若月英明。”

为了记住他的名字，我目不转睛地看着他的脸。若月先生突然舒开他那带着一丝少年般神情的嘴唇问道：

“为什么——您这么看着我？”

“……因为您和我所认识的军官感觉上有很大的不同。”

“您所认识的军官，肯定是陆军大学毕业的俊才吧。应该很快就能成为将军的。——和我们这种摸爬滚打出来的是不一样的。”

这时，传来了有人踏上露台的脚步声，随即响起了“在这里，在这里”的嚷嚷声。

“若月，真不能小瞧你啊，这个花花公子。原来在这个地方和人家大小姐聊天呐。——喂，到这儿来！”

好像是他的同伴。大概是以学习研究兴趣小组的形式一起来到这里的吧。若月先生轻施一礼后离开了露台。

在他身后，只留下一片虫儿们的合唱声。

14

若月先生的事，我对别姬小姐也只字未提。不过，关于那幅消失的浮世绘，我很想听听她的意见。

我把当天发生的事情经过详细地讲了一遍后说道：

“那天很难有机会和百合江小姐单独在一起呢。后来一问啊，真是一起不可思议的事件，姑且称之为‘无影怪盗’吧。”

“难道是亚森 · 罗宾现身了吗？”

别姬小姐说出了一个遥远欧洲的怪盗的名字。

“就是那种情况啦。我不是和百合江小姐他们分开了吗？后来，他们俩说是到走廊里卿卿我我去了。正聊着的时候突然听到大厅里传出声响。里面应该没有人呀——觉得奇怪，返回大厅一看，只见一个可疑男子取下画框——正准备把画抽出来。”

“大吃一惊吧。”

“当然。那个男子穿着一身黑衣，看了百合江小姐他们一眼，微微一笑，然后拿着画像飞鸟一样从隔壁房间到了露台，最后向庭园方向飞奔而去。”

“最后也没有抓住吧。”

“是啊。叫了几个在家里帮忙的书生到庭园里搜寻，可是一点踪迹也没有，就像烟一样消失了。因为马上要到演讲时间了，说是只是丢了点东西的话就算了——于是就暂且停止了搜索。”

别姬小姐一边小心地握着方向盘一边说道：

“那幅被偷走的画很贵重吗？”

“价值就在于里面包含了灯具店内堀的问候。好像也就是这一点了。”

“是吗？”

“按照东一郎先生的说法，再怎么说，充其量也不过是明治时期的东西，值不了几个钱的。”

“——是特意来偷那幅画的吗？”

“所以说，其实也就是小毛贼干的勾当。就是想进来偷点值钱的东西，随手拿了正好看到的东西。——就是这么回事吧。”

“这种话其实我是不应该说的，那个怪盗——是从未见过的陌生人吧。”

“是啊。不是内堀家的人。也就是说，并不是讨厌灯具店内堀的人想破坏两家的和解。首先，知道那边送画来的就没几个人，只有百合江小姐和她爸爸、妈妈，还有就是管家海老冢了。”

“噢。”

“现在似乎不是画的意义的问题，问题只是画消失了。——如果是油画的话，是不可能轻易地取下来拿走的。——要是裱好的卷轴画的话，就会像戏文里一样，卷起来放入怀中逃跑吧。那样的话，说不定中途会像演员那样亮亮架子呢。如今浮世绘也都镶在镜框里了吧？”

“您说的是挂出来装饰的时候吧。——不久之前还是卷轴式的，不过，由于玻璃普及了，所以现在一般都镶嵌在镜框里了。”

“要是从镜框里取出来的话，也就是薄薄的一张纸。那就是说……口袋里也能装进去吧……”

“那又怎么了？”

我萌生了一个非常奇怪的想法。

“如果说是百合江小姐他们俩干的，那么怪盗消失之谜也就迎刃而解了。——因为从一开始就根本没有那个神秘的男子。”

15

我原以为别姬小姐多多少少会有些吃惊，可是别姬小姐的声音一点也没有变化，还是以平常的那个声音说道：

“是啊。”

我有点失望地说：

“只要把画框里的画抽走，然后声称看到一个可疑人物就行了。可是……”

“这样的话，就是另一个谜团了。——不再是‘怪盗怎么会像烟一样消失了呢’，而是‘百合江小姐他们为什么要让那幅画消失呢’？”

“那倒也是。”

我随口说出了自己想法，但因为别姬小姐提出的这个棘手的问题而搁浅了。说起来那是一幅庆贺两家修复关系的画啊，由于这幅画的消失而感到头疼的，应该是百合江小姐他们吧。

我左思右想，突然脑子里闪过一个想法。反过来考虑会怎么样呢？

“如果那不是一幅表达庆贺，而是一幅表达诅咒的画呢？”

“怎么说？”

“灯具内堀怎么也不能原谅弟弟，所以假借表示好意让他麻痹大意，其实送过来的是一幅侮辱内堀家的画。东一郎先生什么都不知道，只是将交给他的包裹拿过来而已，并没有打开看。——到了百合江小姐带他来到大厅的时候，才看清挂着的是什么画。于是他大吃一惊，马上意识到，‘要是让别人看到这幅画就完了’。所以他就赶紧把别人赶走——”

也就是把我给支开。

“——他对百合江小姐说明事情原委后就处理了那幅画。朱丽叶当然会帮助罗密欧的。——之后，为了方方面面都不受影响，就编出了那个神秘怪盗。”

“说得有道理。那么，——所谓诅咒的画到底是怎么样的画呢？”

“比如说，——让人看了脸红的什么的画……”

同学中曾经有人笑着说起过什么“偃息图绘”，好像是男女在干什么的画。我没有见过，但听说浮世绘中也有那种画。

别姬小姐冷静地说：

“如果送来的是那种画，会挂到墙上去吗？”

我无话可说。

“……说起来，那幅画我还从远处看了一眼呢。好像不是那种画。”

至少肯定不是那种裸露着身体的男女缠在一起的画。

“是怎么样的画呢？”

“我也记不清楚了，好像画的是一个——女孩节摆的古装玩偶那样的女人。对了对了，前面有一个大大的像是纸罩蜡灯那样的东西，显眼的绯红色用得很多，因此更加联想到了古装玩偶。”

别姬小姐沉默了，是深深的沉默，然后，慢慢地开始讲起了某个浮世绘画师的故事。

虽然是百科词典的内容犹如都印入脑海的别姬小姐，但我对她连这个都知道还是吃惊不已。为什么连这种事情她都知道呢？

“那是……”

“那幅画，如果被挂在了那种场合，还真变成了一幅诅咒的画。”

“可是，那样的话……无论怎么说都太过分了。东一郎先生对于洋一郎先生来说是自己疼爱的孙子吧。首先，孙子的立场没有了。——弄不好，并不只是这些。银行或电气的无论哪家内堀，都会被卷入与死亡讣告那时候完全不同的更大的混乱之中。——以前的事或许还会有人幸灾乐祸。但是，这一次对谁都不会有好处。”

当然，我没见过他。但是，洋一郎这个老人的样子，在我的脑海里早已有所描绘。对刊登出激昂的反驳文章的弟弟，仔细考虑后觉得“受损的是登出那奇怪的讣告的那一方”。这次，看到两家关系修复的征兆，觉得“这样不错啊”，并且要赠送画。要说他是一个怎样的人，我觉得他是一个睿智而又稳重的人。趁这次机会，要赠送一幅诅咒的画这样的阴险行为，与我脑海中的画像不相符。这样说来，看看百合江小姐一路走来，我渐渐觉得——感情用事的难道不是银行的内堀那一方吗？

“正如您所说。所以，我有件事想拜托小姐您。”

“什么事？”

“尽量不要让东一郎先生武断地责备他爷爷，能请您安排一下吗。”

“什么意思？”

“首先，东一郎的爷爷到底赠送了什么画，仔细地确认清楚是很重要的。”

“啊？……可是，东一郎先生应该已经知道了呀，因为他为了看画去过大厅了……”

我一边说，一边觉得事情就像云开雾散一样，已经初露端倪。这样啊，原来是这样呀。

16

接下来的星期天，我又来到了内堀府邸。百合江小姐的房间在那三层建筑的最上一层。整幢房屋本身就建在高台之上。从窗口看出去的景致，非常美丽。

然而，却没有闲暇观景。在装饰着木偶娃娃的柜子前摆放着沙发，我和百合江小姐一起坐在上面。

平常，不可能出现在这个房间里的人，就在我们面前。他就是我们秘密叫来的海老冢先生。我们让他坐下，但他没有坐，只是面色苍白地站着。

瘦弱的身体、尖尖的鼻子使人联想到了鹰，不过只是一只年老的、已经失去霸气的鹰而已。我想到了岁月的残酷。眼前这个人也曾经年轻过。

“海老冢先生，把你特地叫来，实在不好意思。有件事，无论如何想要请教你一下。”

我试着这样起了个头。

“——对于当事人百合江小姐来说，有些话不容易说。所以我们两个人考虑了一下，由我来问您，可以吗？”

“是。”

“内堀洋一郎先生，赠送了一幅浮世绘给这边，作为向这边问候的礼物。原本应该由这边的主人接收的。可是，由于那天有特殊的事情，就由你打开包裹了——是这样吧？”

海老冢显得痛苦地点了点头。

“——收到画后，你说想把它‘马上装饰在演讲会场’。是这样吧？这是作为一手掌管内堀家活动的你所说的话。没有让人觉得特别的地方。但是，就在此时，你的心中却已谋划了某一个计划，不是吗？”

海老冢先生，这次只是沉默不语。

“——东一郎先生正好在演讲开始前进入会场，看到了那幅画，愕然不已。他爷爷爱好浮世绘。即便是门前的小僧什么的，经常耳濡目染，也会了解一些相关知识的。所以，他马上就明白了那幅画的意思。一小时以后，大厅将被一群具有国粹思想的人填满。还将举行一场关于神国的演讲。——东一郎先生的双腿，实际上，大概已经被逼近身边的恐惧吓得发抖了吧。于是，他取出了画藏到了口袋里。但是，又无法对这边的父母解释。万一被大家知道了，两家的和解以及他们两个人的婚姻都会像梦一样消失。因此只好说画是被瞬间偷走了。——但是，其实那并不是东一郎先生的爷爷所准备的那幅画。”

我平静地询问道：

“——海老冢先生。听说赠送给这边的其实是一幅《海运桥　国立第一银行》的画。我听说你爱好明治时期的浮世绘。所以这是张什么样的画，你知道的吧？”

海老冢痛苦地挤出了几句。

“……是小林清亲的画作。清亲他画出了对我们来说值得怀念的明治时期的风景。《海运桥　国立第一银行》，是其中较为出色的一幅。”

关于那幅画我也进行了一番调查。有一点见解。于是补充说道：

“那是一幅雪景图，海运桥在日本桥的兜町，从白木屋百货商场即便步行也没有多少距离。以前是木桥，后来是石桥，现在变成铁桥了。——‘海运’的读音和‘开运’差不多。而且，桥是将此岸和彼岸相连的东西。作为和好的象征，那幅画确实是最适合的画题了不是吗？在桥的对岸，可以看见日本最初的银行颇具特色的外观。那好像是明治时期具有代表性的建筑之一。这也可以说是对‘银行的内堀’的问候。正当这座建筑物要被拆毁的时候，发生某一事件，导致内堀家族的兄弟不和。——当画中的建筑物还在高高地耸立的时候，能让人回想起令人留恋的那时的回忆，所以说不定还包含了这些无声的语言。——这样一想，那幅画实在是一件意义深刻的礼物啊，不是吗？”

没有回答。我继续说道：

“但是，作为洋一郎先生赠送的问候的礼物挂上墙的，实际上却不是《海运桥　国立第一银行》。——海老冢先生，您不是收藏明治时期的浮世绘，——特别是月冈芳年的作品吗？”

“……是的。芳年是位天才。在其画作中，有时，令人不忍目睹的残酷也包含其中。所以，他的作品有时会被不当地厌恶。但是，对于有眼光的人来说，芳年作品的艺术性是一目了然的。”

海老冢先生的声音，直到此时才开始响亮地叙述他的信念。明治时期的浮世绘普遍的评价都不太高。所以连做管家的海老冢先生也能买来收藏吧。珍稀古代的东西是人之常情。到了百年之后，对它的评价定会改变吧。

“可是，海老冢先生，你将自己钟爱的芳年当做报复的手段，这样好吗？而且，芳年会高兴吗？”

海老冢先生的嘴唇，又紧闭了。

“——赠送来的画，在被挂上墙时，变成了其他东西，是谁干的这很明显。就是打开包裹，把画框挂到墙上的那个人。偷换画的人只可能是你。你早已作好思想准备，想要让内堀家陷入窘境吧？”

“——是的。”

“你挂上去的是月冈芳年的《美立七曜星》中的一幅。画的是在闺房前，口衔怀纸的女官。画上清楚地写着女官的名字：‘权典侍正五位柳原爱子’。——这在现代是很难想象的事情。明治天皇的侧室之一、先帝的母亲，而且相当于陛下祖母的人，那样的姿态。——不说是浮世绘，这是对日本美术感兴趣的人所周知的一幅画。这是直到现在，大家都忌讳谈论的画作。当然，这是明治时期被禁售的画。但是，浮世绘不仅仅只有一幅。它是印出来的。有一定的数量。你一定是把在某个古董店里搁置了很久的一幅弄到手的吧。——如果，偏偏这样的一幅浮世绘，在那样的演讲会的墙上，被华丽地装饰上去的话，——内堀家的处境，会变成怎样？”

百合江小姐带着无法形容的表情看着海老冢先生。

17

“——你对内堀家，为什么怀有如此深的恶意？我想到这儿，就会觉得很久以前发生的某一事件，和这次的事件重叠了。充满仇恨的讣告，在《东京日日》报上被刊登了出来。那也是因恶意而发生的吧。——这次的事件也是你海老冢先生干的。根据此事，再回顾以往会怎样？我听说——当你听说富田鹤的名字时，曾激烈地动摇过，是吧？”

海老冢先生闭上眼睛，低下了头。

“——当时，你和鹤小姐都很年轻。如果你对鹤小姐是怀有同事以外的爱慕，那会怎样？也许由于某件事情，这家的晃二郎爷爷被人怀恨在心了。即便你想要杀了他，但不可能做到，所以你就想在报纸上杀了他。——假如你就是怀有这种心思的人，那么发生这次事件的原因也就能理解了。没有结为连理的你们两个人。对比现在，内堀家的两个年轻人正要迎来人生幸福的春天。一直忍耐着的冲动在此时爆发，也是可以理解的。”

海老冢先生低着头说话了：

“正如您所说的那样。鹤小姐和我，自从见到第一面时起，就感到心意相通了。虽然我们相互发誓以后要在一起，但是，我是一个书生，而鹤小姐也每天忙于工作。我们没有做过任何不规矩的事，只是只是，我们想着——有一天能得到主人的允许。鹤是在乡下长大的。她是一个没有怀疑之心的，单纯而直率的姑娘。却被醉酒归来的主人给——。她是思想保守的姑娘，觉得没脸见我，就消失了踪影。——从那之后，我没有一天不想着鹤的事情。——有一天我在整理报纸时，突然想到了讣告。原本想仅仅用鹤的名字刊登的。但是，这样的话就不完整。而且在委托报纸刊登的时候，也不能让人觉得奇怪。所以，我就借用了主人兄长的名字。”

“那是报复吧。”

海老冢先生就像在对很久以前的书籍，一页一页的确认记忆一样，慢慢地说道：

“我确实憎恨过主人。但是，更重要的是，我想‘对于这个讣告，一定不会没有评判，这样的话，就能查找鹤小姐的住处了’。果然，警察也出动了，主人也好像进行了调查。——如果能和鹤再会的话，即使被抓了，也要逃跑。即便不行，当然，我也不想因讣告的事情而给鹤带去麻烦。只要我知道鹤平安无事，我会光明正大地站出来承认‘这件事是我干的’。可是，——还是没有找到鹤。是投身了哪个深渊了呢？还是身陷比水更冰冷的社会的深渊了？我完全不知道。”

“难道你没有想要离开这个家吗？”

“我当然想离开。可是，如果我离开这里的话，万一鹤找上门来，我们不是又不能再见了吗？——孤苦伶仃的鹤在死前说不定想要见我一面也很难说。这时，如果我不在的话，能行吗？”

“……我明白了。可是，海老冢先生，你的怨恨通过偷挂那幅画的方式得到了发泄，但是如果百合江小姐他们两人因此而分开的话，——那不是将同样的痛苦让别人蒙受吗？”

海老冢抬起眼，又伏下身体。

“……是的。”

“所以那时你如果对自己说，已经报仇了，那么就到那时为止了。——就算东一郎坚持说，从那边的内堀家送来的不是这个而是其他东西，也不会有人相信的。对于感情激动的人来说，这是姑息的逃避。不仅是一时的骚扰。这很可能造成无限的仇恨落到两家人身上。……我这个小女孩，对着像你这样有着丰富的人生阅历的人说这些话有点出言不逊。但即使这样，我还是想说。——无论是百合江小姐还是东一郎先生，他们和晃二郎爷爷不是一样的人。”

“……您说得对。我不想辩解。我只能说——像是被妖魔给迷惑了，当时我到底怎么了。”

至此为止一直在倾听事情经过的百合江小姐，仿佛要用皮鞭抽打似的说道：

“海老冢！”

“是。”

“你这家伙，我们内堀家对你的恩情你忘了吗？尽做些为所欲为的事。迄今为止，是托了谁的福你才能活到今天的？”

“实在是对不起。”

和罗密欧的关系险些被破坏的朱丽叶，从沙发上探出身子说：

“这不是说声道歉就能了结的吧？”

“百合江小姐。”

“什么？”

“你不是说过吗？——海老冢先生一心工作，一直以来认真做事。看在这个分上，就原谅他吧。”

百合江小姐像美国电影里的年轻女演员生气了一样，鼓起了腮帮子。我转转眼珠说：

“——海老冢先生。事已至此，你也难以再继续做管家的工作了吧？可是，你也到了应该退休的年龄了。内堀家应该会为你考虑能安度晚年的办法吧。”

百合江小姐皱起眉头说：

“这不行——”

“我觉得事情声张出去不怎么好噢。哎，你和东一郎先生要让大家看看你们是有度量的。暂且就当是出现了一个谜一样的怪盗吧。”

“可是——”

“喂，百合江小姐。内堀两家之间、你和东一郎先生之间都有桥梁啊。——但是海老冢先生和鹤小姐之间却没有桥。请你考虑考虑吧。”

18

我装出一副要去厕所的样子，来到了走廊上。看到先行离开的海老冢那瘦削的后背，于是追了上去。从三层楼走廊的尽头的窗口，秋日那金黄色的夕阳照射进来。

“海老冢先生。”

“啊？”

海老冢回过头来，我看着他布满皱纹的脸说道：

“请不要去死。”

海老冢默默地注视着我。

“——如果你消失了，那么你心中的鹤也会消失。请和你心中的鹤一起活到生命的最后时刻。我觉得这是你的职责。——人在自然死亡的时刻到来前，不应该舍去生命。我如果听到你死了的话，我会悲伤的。在这个世上有为你悲伤的人在，所以请不要去死。”

海老冢先生深深地看着我，静静地说：

“小姐。说这样的话，您也许会生气。可是——鹤小姐就是像您一样的姑娘。”

19

我将报复事件的来龙去脉告诉别姬小姐后，问道：

“这是不能大声说的，可是，我对忠臣藏的讨伐攻入实在不能赞同。那确实是袭击了憎恨的仇人。但是，夜晚侵入别人家里去杀人这样的事，无论有什么样的理由，也是不行的。”

好像有人因为说了句“浅野内匠头很轻率”而被殴打了。像这种事情不能一不小心就说出口的，不过，别姬小姐也有同感。

“我想人在面对大的非正当事件时，谁都会想抗议的。只不过，什么正确？什么不正确？只有时间才是判断的唯一依据。水里的鱼是看不见包围自己的水的。即便是政府的判断也会有失误的时候。更何况个人打着自己的正义的旗号，去杀害那些和自己立场不同的人，这样的事情是绝不能允许的。”

大概由于我提到了忠臣藏的缘故，话题竟然涉及到了杀人。

且说，我正想着今后不会再去听段仓的演讲了，可是，没想到的是又听了。这次是受桐原府的邀请。

这次是通过道子小姐发来的邀请，奇怪的是她这样说：

“我哥说，务必要请那个驾驶员来。”

别姬小姐开着车子到那儿之后，不可能出席演讲会的，只会呆在随从人员休息室。这真是奇怪的要求。

会场比内堀家举行时的要小得多，只是自己人听听而已。演讲者有二人。被称作大师的老先生，就中国的思想，做了充满敬意的阐述。然后是段仓，像甲虫摇晃着身体似的站在前面，狮吼般地说在现代，只有日本吸收继承并实践了中国思想中伟大的部分。

演讲结束后是餐会，八点左右散会。今天穿着便服的胜久先生走过来，这样说道：

“接下来要送两位老师，届时，想借用一下你家的驾驶员。”

“别宫？”

“是的。”

大尉先生不容我说什么。于是我看着他锐利的眼睛问道：

“为什么？”

“呀——就请认为是我一时心血来潮吧。我会请他们乘坐我家的克莱斯勒。你家驾驶员她什么车都会驾驶的吧。”

这时，我必须得说：

“我也一起去，可以吗？”

“你大概会担心吧。你愿意的话就请吧。”

从大门口来到宽敞的前院，外面的风已感到有阵阵的寒意了。这是一个像出现在童话小说里的明亮的月夜，能看得清路上一粒一粒的小石子。

另一方面，等待着的车子像黑暗凝固在那里似的漆黑一团，别姬小姐已经站在旁边等着了。

“花村小姐，请你坐在前面。”

胜久先生这样说着，自己打开后座的车门，招呼老先生和段仓进入。

我坐在别姬小姐的旁边。和自己常坐的福特车相比，这辆车比较宽敞，坐着很舒服。

后座上坐着两位客人和胜久先生。感觉像作为主人的胜久先生以车送客似的，一般来说，即使再怎么对学问表示敬意，也不会表现出这样的架势的。

车子在静寂的夜色中谨慎地滑行着，路上的小石子在车轮下发出响声。

“听说段仓先生接下来在麻布这个地方还有集会，车子先开到那里。”

“遵命。”

“嗯？”

发出声音的是段仓。满是酒气。

“——是个女的？”

胜久先生答道：

“是的。要说驾驶技术，她是非常棒的，请放心。”

段仓的声音从后面响起：

“喂。你有丈夫吗？”

“没有。”

“女人应该早点生小孩。只有这样才能对国家有用。——不是自作聪明，握握方向盘什么的。”

胜久先生说：

“不，其实她的‘小聪明’不仅仅是驾驶技术。还很博学。——怎么样？今天好不容易大先生在，有没有什么要问的？”

胜久先生了解别姬小姐的武艺本领。可是，对她那令人惊讶的博学多识的情况是怎么知道的呢？

到底是供职于参谋本部的人。并且，还是在二百六十大名门中屈指可数的名门嫡子。也许通过特别的方法进行了什么调查吧。

即便这样，我还是对他把别姬小姐像笑料那样对待的方式没有好感。

别姬小姐眼睛注视着前方。我还是第一次看到她在开车时的侧脸。她的额头、鼻子、嘴角的轮廓像剪影画那样，我好像看一幅美丽的剪影画图案一样感觉心情舒畅。她嘴唇动了动说道：

“在一知半解的书里有这么一句话叫‘善于作战的人不会败’，是吧？并且，还写有‘善于布阵的人不作战，善于用兵的人不布阵’。能巧妙布阵的人不需要打仗，善用军队的人不需将事态推进到布阵就能取得胜利吧。作为女人，我希望——在尽可能的范围内，不依靠战争这样的手段，就能解决各种问题。”

段仓从鼻内挤出一声“哼”。我想到他可是东洋思想的专家，打了个冷颤。

别姬小姐也说出了一些冒失的话。

“像这样的事不是你来说大话的噢。何况你是日本的女人。像大和抚子那样装出一字不识的样子才显得文雅。好好记住了，没有比女人卖弄一知半解的学问更卑劣的了。——实在是丢脸。”

胜久先生插话道：

“先生，对刚才的提问您的回答呢？”

“嗯？不打仗——是吗？——不，这种事要看对方的。无论这方如何竭尽诚意，而对方不听那也没办法，只好把他们打倒。”

车子终于驶到了麻布街。别姬小姐一边将车子靠向段仓说的店前，一边说：

“先生。我是后生所以想请教一下。其实，我学习不够努力，不知道刚才说的几句话出自什么典故。请问究竟是在哪个典故里的？”

看情形大家的注意力都集中到了段仓身上，段仓露出不快的神情，吐出一句话：

“《孙子》，是《孙子》！”

别姬小姐静静地低了下戴着制帽的头，不知道为什么，这个动作感觉像满天的白霜一样冷冰冰的。

胜久先生打开车门，站在车外目送段仓离开。回到车内后，大尉先生说出了一句奇妙的话：

“我没有让你开门噢。”

别姬小姐闭上睫毛长长的眼睛，坚定地答道：

“谢谢。”

与此同时，老先生挤出几句话来：

“那个男人曾到我的教室里来听过课。——他是我的学生。”

并且，向别姬小姐问道：

“你一定知道那几句话是出自哪里的吧。”

稍作停顿，别姬小姐回答道：

“——《汉书 · 刑法志》。”

20

车子朝着老先生的住所方向驶去，别姬小姐说：

“他觉得一个开车的，何况是女人——”，丝毫没有自卑，倒好像那几句话充满了光芒的自豪，“他觉得——一个女人说的话，关于战争的箴言，最多也就是《孙子》那么点儿吧。他这样想不足为奇。”

车子慢慢地向北驶去。

“你——不仅仅知道《汉书》。瞬间将那几句箴言的顺序说反了。因为这样说的话，那个男人容易听得懂吧。正确的顺序是‘善于用兵的人不布阵，善于布阵的人不作战，善于作战的人不会败’。——就是说能巧妙地调动军队的人无需布阵就能解决问题。但是，即使没有这方面的才能，当面对和敌人对峙的情形时，如果能巧妙地布阵的话，也能解决问题。再者，即便连布阵的才能都没有，进入了实战时，如果善于作战的话，就不会战败。”

老先生说：

“——我想看一下你的脸。”

别姬小姐没有回答。

“因为我想起了，现在不在的某个男人。我也没有教过他。我，才应该成为那个男人的学生。——不过，还是算了吧。只有一事，我想请教一下。”

“是。”

“这几句箴言的后续你也学过吧？”

胜久先生颇感兴趣地说：

“噢，——我一定要听听。”

别姬小姐摇了摇头。

“那几句才会得罪人吧。”

“没关系。”

夜晚的帝都展现在眼前。克莱斯勒驶入了宽敞的道路。

“——如果你硬要我说，我就说吧。应该对军人来说会刺耳。但是，对老百姓来说是一句有力的话。”

别姬小姐说：

“——善败者不亡。”

车子穿过跑马场前的壕沟，来到了和田仓桥。清澈的月光洒落下来，宽广的壕沟的水面波光闪耀。

想夫恋

1

如果说是什么标志着帝都的秋天已经结束，那当然是最近的早庆战了。“早庆战的对手是谁和谁呀？”这种故意装糊涂的单口相声好像都已经流行开了。可见它是那么的有人气。今年轰动一时的事情，要算是雅吉哥哥的大学的参赛选手，愤怒地把从观众席上扔来的苹果又扔回观众席的事了。

神宫球场就在我们学校的旁边。如果工作日身处音乐教室附近，大概都能听见潮水般的怒骂声。不知是正赶巧还是不凑巧，比赛的那一天正好是星期天。我呆在家里，所以棒球比赛就完全与我不相干了。但是，与我同班的好朋友里也有喜欢棒球的。听说她就与家人一同去观看过天下闻名的早庆战。那个周末过后的星期一，她仿佛刚从冒险之旅中回来一样，神采飞扬地对我们讲述她看球赛的经历。

“那时确实是不得了啊。”

在输输赢赢的过程中，球场变成了兴奋的漩涡。比赛刚一结束，看台四周就到处有人跳进体育场内，然后立即演变成了一场大混乱。听说她爸爸那时一边连忙催促着“趁现在还没卷入骚乱快走”，一边带着她们急忙逃回家去了。

比赛当天的晚上，两所大学的人从赛场挪个地方，到银座或是新宿去狂欢。这其中，听说甚至有人被刀砍伤了，却不知是谁。

这是这场喧闹告一段落时发生的事情。让人觉得弥足珍贵的小阳春的阳光照耀着大地。午休时分，我被多日以来难得一见的阳光吸引着来到了学校的庭院里。

久违的阳光抚摸着我的肩膀和脸颊。我漫无目的地闲逛着。庭院里竖立着器械体操运动时使用的肋木。那儿有个人，正背靠在肋木的横木上，全神贯注地阅读着一本很小的书。

是清浦绫乃小姐。

她虽然是瓜子脸白皮肤，但稍稍上翘的眼角让人感觉到外柔内刚。她梳着短发。我和她是同一年级，但绫乃小姐是秋季班的，所以她和我的班级不同。即便如此，我早就知道了她的大名。因为她在音乐会上的表现让我印象深刻。她擅长演奏筝。不，确切地说她大概早已超出了擅长的范畴了。

绫乃小姐在学校的大礼堂里多次演奏过筝。由于学校也不能每次都让同一个学生表演，所以她并非每次都表演。但是，每当高贵的客人观看我校演出的时候，就一定会有绫乃小姐的演奏。

演奏的曲目基本上都挑选《六段》或《千鸟》这些人们耳熟能详的曲

目。也是些一听就能辨别出演奏优劣的曲目。在众多谨小慎微、确保不出错的演奏者中，绫乃小姐的演奏从来都不是用手指去追逐旋律。她的演奏，并不能简单地用强弱来形容。还真难以形容她的演奏。总而言之，她有一种让人震撼的力量。让人不禁想象她如果演奏其他曲目会是什么样的。

没错，她们家是从官家变成华族的家庭。确切地说，我认识的更多的是一些大名华族家庭的子女，所以即便我和她同班，大概也不太会说话吧。这样的区分，虽然不明显，但是在不知不觉中就存在着。官家华族的家庭不如大名华族的家庭那样优越和富裕。多数乘坐市营电车上学。从这些细小的地方便生出了微妙的隔阂。

虽说如此，我还是挺想知道她在读什么。学校不允许带其他书籍来上学。但是，绝不可能到庭院里来读教科书的。从那本书的大小来看，应该是一本文库图书。一定是一开始读就停不下来的书，于是她就悄悄地拿到学校里来了。

我神不知鬼不觉地来到了肋木的后面，将视线从一根一根犹如笔记本上的横线一般的横木的间隔中间快速地抛向她的书。

我一眼就看明白了。

如果是其他书，我肯定猜不到。但正巧在她翻开的页面上有一幅独特的插图。这本书是今年夏天出版的岩波文库中的一种。

2

银座，一直在施工中的高个子建筑物——教文馆大楼，在秋天来临的时候完工了。面向大街一侧的橱窗里画着一幅在富士山上插上了一把调羹的图案，夺人眼球。

进入崭新的大楼，令人感觉赏心悦目。从左侧的门进来的话，大理石的螺旋状楼梯显示出优美的曲线。从那儿走向地下一层是“富士冰激凌”店。

另一方面，如果带着灰姑娘的心情，一步一步地往上走，二层是书籍卖场。高高的白色屋顶，窗户宽大而明亮。面向银座大街的玻璃窗的正中间，横写着“KYO BUN KWAN”，从里面看去，反着的字有如彩虹般画出一道弧线。

除了一般的书架和平台，也有圆锥形的柜子。那上面放着外国的杂志和报纸，顶部有一个天使风貌的小孩的雕像，高举着一只手，好像在说“哈”。总而言之，怎么说都确实像在银座，感觉颇为时尚。

我和家人一起去参观这座建筑物时选购的就是这本书。我不知道绫乃小姐在哪儿买的这本书——如果用我们学校的用语就变成了“绫乃殿下在何贵店选购的”。但是，我很明白一旦读起这本书来就停不下来的感觉。还真有点儿“嘿，志同道合！”的感觉。

既然知道了绫乃小姐是一伙儿的，我就很想和她聊几句了。这想法一旦出现，就不是那么容易消失的。我从后面穿过肋木，从右边绕过去，接近了绫乃小姐。在银座一带，跟摩登女郎们套近乎的时尚男们大概也是这样悄悄地接近上去的吧。一边想着“如果被毫不留情地骂回来就没面子了”，一边……

“——您一切安好！”

从我嘴里冒了出来。

学校里面的问候语，基本上就只有两种：“您一切安好！”和“实在不好意思！”这两句话如同万能胶，功能多多。像“早上好”、“你好”，或是“谢谢”、“对不起”这些，一般用不上。

绫乃小姐仿佛被人从故事的世界中拉回了现实世界，惊讶地看着我。她皮肤白皙，所以很适合穿深蓝色的校服。我没有给她怀疑的时间，马上接着说道：

“——我是花枝英子。突然打扰您，实在不好意思。”

“……啊？”

“刚才，我从您身后走过的时候，并没有想要看什么的——”这世界上，撒谎是必要的。“但您的书还是一下子跃进了我的眼帘，是《长腿叔叔》吧！”

这是美国女作家简·韦伯斯特的作品。绫乃小姐一声不吭。不，不如说她充满警惕更合适。那是当然的。被人偷看了书与被人偷看了心一样，不会感到舒服吧。

“——我也买了那本书。而且还很喜欢它呢。这样一来，就想要读一读韦伯斯特的其他作品了。我在教文馆的外国书籍柜台找过了，但是很遗憾没有找到。我对家兄说了句‘真遗憾’，于是家兄从神保町的旧书店里帮我找到了一册原版的《当帕蒂进了大学》。听说这是韦伯斯特最初的作品。——与《长腿叔叔》一样，也是以那边的大学生活为舞台撰写的。我觉得这本书也挺好看的。怎么样？如果你愿意的话，我可以借给您看——”

如果她觉得我是多此一举，反而不愿意接近的话，我也只好垂头丧气地走开了。确实“原版书比较难懂”吧。但是，反过来说，她也可能会觉得“可以同时学习英语，一举两得”吧。我这可不是博爱，可不是所有人都愿意借的。不如说，我希望她能读一读吧。我能够找到一位喜欢同一本书的聊天对象，对我来说是件开心的事情。别说《长腿叔叔》，读过《帕蒂》的人，整个日本也没有几个吧。

绫乃小姐似乎有些被我的话吸引住了，“是一本没有翻译的书吗？”

“是的。”

“不知我能不能读懂？”

“——我有一个在文科的研究生院读书的哥哥。如果有不懂的地方，可以随时问他呀。”

虽说是文科，其实是国文学，并非能帮得上什么忙。在英语的读解能力上，我想哥哥与我的水平差不了多少。因为我们兄妹俩小时候曾经一起在家庭教师海伦小姐那儿学习英语。但是，如果对同一学年的绫乃小姐自告奋勇说，“如果看不懂，我教你好了”，那会让她讨厌的。

讲述美国女大学生日常生活的书籍，大概不太会入得了她的眼。只是用横排印刷的英语文字来阅读这样的内容应该是具有吸引力的——我暗自期待。

所幸，绫乃小姐接纳了我的提议。她轻轻微笑着说：

“读着这样的书籍，就会觉得离开父母过全寄宿制的生活也是挺开心的呢。”

于是约好，明天，同一时间，同一地点碰头，我把书交给她。

3

我走出学校正门，看到的光景一如既往，前来迎接的汽车排着队。别姬小姐打开了我家福特汽车的车门等着我。

这一来，我发现我还没对别姬小姐说起过《长腿叔叔》的事情呢。万事通别姬小姐一定早就知道这本书了吧，没想到果然如此。她说：

“这本书以前也被翻译过的。以前的书名叫《长脚蚊子史密斯》。”

《长腿叔叔》这个书名，是原著书名的直译。但是，也不见得因为是直译就能让读者一目了然。这是个好书名。译者是远藤寿子。在美国，长腿叔叔是指长脚蜘蛛之类的。所以，以前翻译的版本的书名才会叫《长脚蚊子》吧。

问题是，书名《长腿叔叔》令人备感亲切，还是挺让人高兴的，《长脚蚊子史密斯》的话，似乎就不那么受人欢迎了。

“我碰上了新朋友，可以和她聊聊韦伯斯特的书了。”——我对别姬小姐说。坐在驾驶座的别姬小姐的制服帽稍稍摇了摇，“我觉得那是女学生们能很自然地拿在手里阅读的书呀……”

如果是《长腿叔叔》，那么谁都能毫不介意地“读读看，读读看”——别姬小姐说的可能是这个意思。

“我是怕没准儿会被人笑话，所以很难和同学说呢。”我说。

“您为什么会这么想？”别姬小姐不解地问。

“在那书的序言里呀，写着‘从这部作品中，随处可以清晰地看到英年早逝的韦伯斯特女士的人生观是多么的光明和向上’呢。”

“那又怎么了？”

“主人公是个从不知名的富豪那儿接受捐助的孤儿，不是吗？但是，她并没有迷失自己。既没有沉迷于奢侈，又没有被金钱的魔力所摆布。她是一个踏实而美好的女孩子。”

“确实如您所说。”别姬小姐同意。

“有一个名门出身的少爷被这个女孩吸引。那少爷不像是有钱人，用上流阶层的夫人们的话来说是‘脑子有点问题的家伙’。若只有这些还行，她们还说‘查比斯少爷是社会主义者’呢。主人公居然自己也说：‘大概我是个社会主义者吧。因为我是出生于无产阶级的。’”

在现代的日本，“主义者”和“犯罪者”几乎应该是同义词。而且，这和一般的小偷不同，是个让人能感觉到阴暗和恐惧的词语。然而，这样说“查比斯少爷”是因为“他不在游艇呀汽车呀，或是小马呀什么的这些优雅别致的东西上花钱，而是像个疯子一样的在各种改革事业上扔钱”。日本有不少在“玩乐”上花钱的华族先生。——这才是正常的花钱方法吧。

只不过，在当今的日本，公然说这些话的主人公定会被说成具有“战斗性”。而“战斗”的意思，有一些人根本就不感兴趣。

这样的大环境下，我们学校从外部看来还是较为自由的。大臣的千金公然将“如果和美国打仗的话，日本一定会输”挂在嘴边。即便如此，我对此也是有所思考的。

“这是我珍爱的书，我不希望简简单单地传阅。我不希望别人只抓住其中的一个词语，就像抓住什么标签一样，怒目圆睁地讨伐。”

然而最近，社会上一直说我国处在非常时期、非常时期，书里有这么一小节。作为一则大新闻，书里写着“美国和日本之间爆发了战争”。《长腿叔叔》是二十年前写的书。作者大概是想举个不可能发生的例子吧。但确实让我们吃了一惊。

我继续说。

“话说回来，这译著里每一句都不糊弄，确实翻译得很恰当呢。”

“是啊。如果连这本书都无法出版的话……”

说到这儿，别姬小姐停了下来。她大概想接着说“日本就完蛋了”吧。取而代之的，别姬小姐说了句有趣的。“那本书，从某种意义上说，是一本侦探小说吧。”

“嗯……如果这么说，那倒也是。”

可以说是一本写得很不错的侦探小说呢。

“有关这一点，作者应该也是充分考虑过的。在开始的地方，不是列举过‘我这也没读过，那也没读过’的？”

“是啊，是啊！”

所以书上的主人公就如饥似渴地开始读书。小说里还说主人公读到了一册《名利场》。我仿佛在街角遇上了老朋友般地高兴起来。现在，坐在我前面双手紧握方向盘的司机别宫小姐，之所以被我称作“别姬小姐”，其实也源自那本小说。

《名利场》是英国作家威廉·梅克比斯·萨克雷的作品。在这本书里有一位兼备超群的行动能力和美貌的女性别姬·夏普。

任凭我想着这些，别姬小姐继续说。

“确实，书里写着‘也许你不相信，我连夏洛克·福尔摩斯的名字都没听过’。而且，在最后的信里还写着‘我绝对成不了名侦探’呢。”

“——是吗？”

“是的。鲜明的反差。像这些地方，韦伯斯特女士一定是带着一丝嘲讽写的吧。”

“……是这样啊。”

“如果要找与侦探小说的关联，其他地方也有啊。——以前，出来过江户川乱步的内容。”

“啊？”

当然，有点儿模仿埃德加·爱伦·坡，但是乱步的话，连名字都让我吃惊。那不是像我这样年龄的女孩子拿在手里读的书。但是去年，因为一件事，我从别姬小姐那儿借了一本来读。觉得那里面有一种迄今为止没有接触到的魅力。

"与那位作家的作品，也有着关联的。"别姬小姐说。

我感到惊讶。简·韦伯斯特和江户川乱步。这不是完全不相干的两个人嘛。

4

越被禁止做的事情，绝大多数情况下都会变得跃跃欲试。不能看的书也是如此。别姬小姐告诉我的短篇小说《镜地狱》就让我很在意。我决定反复请求别姬小姐借给我两部我还没读过的江户川乱步的小说。

别姬小姐如是说：

"真是没办法。谁让我告诉了你呢。这是我的责任。我把盖子打开了，但又不让你看里面，这不是恶作剧嘛。"

我家的男性司机，都住在别栋的长屋里。这种时候就方便了，帮了我的大忙。我悄悄前往别姬小姐的房间，用包装纸将书裹好，借了回来。这本是与上一本一样由春阳堂出版的短篇小说集。

于是，读过《镜地狱》，再重读一下《长腿叔叔》中的一小节，确实有意思。里面这样写着。

假设有一个用镜子做成的巨大的中空球体，而如果我们坐在这球体的中间，那么哪里映不出我们的脸呢？而且从哪一面能映出我们的背部呢？这个问题我们越想越不明白。你明白我们即便在空闲时，也在想着这些深奥的问题了吧！

原来如此，这便是乱步在写作《镜地狱》时的中心"问题"了。确实，一旦思考起来，越想越不明白。这其中，让人感觉既奇妙又恐怖。

正因为知，将人与动物区分开来。如果这样，那么这个空洞不就立刻成为人类无法知的空间。东方和西方、现在和过去，虽然时间远隔，两位作家在同样的疑问面前停住了脚步。

韦伯斯特利用主人公的笔，写下了“深奥的哲学考察”。这些话，当然并非字面的意思。主人公停下来，微笑着写下来而已。然而，往往这样的微笑会牵动人心。

从这一点上来说，人类常常想出各种各样的事情。例如，“我们”的意思从小范围的家庭，到大范围的国家，甚至将整个世界包含其中。那么我们如何面对这其中映照出来的自己，这是极其困难的问题。

若将韦伯斯特和乱步放在大钟盘的两端，一端被阳光照耀得明亮，另一端则像沉入夜色。即，像昼和夜、白雪和黑墨、前门和后门。但是，在人们思考中的某一点上，这相反的两者会相互重叠。别姬小姐说《长腿叔叔》具有侦探小说风格。没有火苗的地方就不会有烟雾——这样说虽然很俗气，但从某种意义上说，也确实如此。

并非仅仅在形式上。在这种微妙的地方让人觉得相互重叠的一个人和另一个人之间，即乱步和韦伯斯特之间，也确实，具有相通的东西吧。

话说回来，绫乃小姐很热心地读完了我借给她的《帕蒂》。我虽然不可能知道她的英语成绩，但是关键在于她是否“想读”。有志者事竟成嘛。

我借给她的是五、六年前在纽约出的那一个版本。它曾经经过了哪些人的手才来到日本呢，我想这也是一个故事吧。

书中有好几处插图，让人备感亲切。然而，我们是日本人，但书中插图里画的都是些大个子的西洋人。我怎么看都觉得插图上的帕蒂比书里文字叙述的帕蒂要老成许多。

书中的帕蒂比起《长腿叔叔》中的朱丽莎，完全是个厚脸皮且轻浮的人。老实说，刚开始读的时候，我并不喜欢她。但是，有一个章节写她假装生病，成功地逃脱了准备不足的考试。这之后她在床上拼命学习。当她胸有成竹地去参加补考时，帕蒂发现——她甚至可以去教其他学生了。但是，老师给她打的成绩，与其他学生相比却并不公平。

发现这个事实的帕蒂一分钟都没有犹豫，对老师说："请给我零分。"

读到这儿，我感到"这女孩也是一个韦伯斯特式的女孩"，于是开始对她产生怜爱之情了。

5

总算到了一年的最后一个月。

我和绫乃小姐趁着休息时间聊过好几次。然而，这一点儿时间实在不够我们谈论小说的细节。于是我决定请她来我们家。

她一到我家，我就走进电话室，给绫乃小姐家打了个电话以免她们家担心。然后，我挥挥手，向雅吉哥哥的房间走去。

并不是一日不见如隔三秋，而且也绝非因为那是一个令我颇为自豪的哥哥，才一定要绫乃小姐见见。我这样做其实另有目的。而且哥哥本人应该还没有回来。正因为如此才要偷看一下他的房间。

因为本人是淑女嘛，所以即便知道哥哥不在也还是轻轻地敲了敲门。

"……我进来了哦。"

打了声招呼，我首先走进房间。确认过他房间里没有什么东西让外人看见会使我这个妹妹脸上无光以后，便招呼绫乃小姐进来。

“能进去吗……”

“没关系。”

视线停在桌上。如同往常一样杂乱，书呀本子呀什么的堆在那儿。仅从表面上看像是在文科的大学院读书的学生。

哥哥命令过：“不要碰任何东西。——别以为看着乱七八糟，这里头有只有我才知道的摆放顺序。”所以即便是打扫卫生的时候，这里也是碰不得的。在什么地方有什么东西，只有桌子的主人才明白。

然而今天，很少有地，桌子的正中间空出了一大块地方。即将日落的冬天的午后阳光从窗口照射进来。好像将南国的小鸟分割成了小片一样，桌上散布着彩色的小片。靠近跟前的地方，一片一片的颜色连在一起。看上去像是一幅巨大的图画的边缘部分。

“这个，就是我们说过的吧。”

这是我们在来的路上，在汽车里说起过的话题。

“是啊。”

《电影旬报》的广告栏里，有着一幅广告语为“摩登游戏的最前沿”的智力拼图。虽说雅吉哥哥玩到一半便中途休息出门去了，但他还是四处宣传说是“一旦玩起来就停不下来”。拼完整后，是一张玛琳·黛德丽的画像。

我也玩过面向儿童的拼图玩具。这个拼图则不同，按哥哥的话说是“将二百七十多个小片一个一个地捡出来，根据那独特的奇形怪状和色彩进行组合，在兴味盎然之中渐渐组合成一幅精美至极的图画。而且拼成的图案是将电影明星的极彩油画进行平版七色美术印刷之后上施油亮彩，是让人耳目一新的绚烂无比的豪华版画像”。还真是夸张。怎么听都像是我那不紧不慢的哥哥望眼欲穿想要弄到手的东西呢。

今天早晨，我正要出门上学的时候，哥哥睡眼蒙眬地追了出来，对我说道：

“——喂，我桌上放着一幅智力拼图哦。”

“哎呀，——你买回来了吗？”我回答。我和哥哥曾经看着那拼图的广告讨论过。拼图的图案有两种。还有一种是葛丽泰·嘉宝的画像。虽然我问哥哥：“你买的是哪一种？”但实际上我不问也知道。雅吉哥哥是玛琳·黛德丽的“粉丝”吗。

跟我想的一样，哥哥报出了那个主演《摩洛哥》的女明星的名字，并且继续说：

“——才拼到一半，你别乱弄。我正在计时呢。”

“啊？”我歪了歪脑袋。

“——智力拼图是可以记录时间并互相比赛的。大家比赛能用多少时间完成。有人说六小时，有人说五小时。我正在认真地计时，想要比个好成绩呢。”

还真干劲十足呢。希望他尽量努力。完成之后再弄乱，大概他还会让朋友们也挑战一番吧。

“让你那聪明的妹妹也早点尝试一下嘛！”我一边想着，一边坐进了上学的汽车。这就是今晨的一幕。

这种情况之下，回家以后是无论如何也想到哥哥的房间里去瞧瞧的。如果有朋友来，更是想让她也看看了。这大概是人之常情吧。

桌上的画像边缘的部分和在银幕上早已看熟的那凸出的面颊骨的部分已经被拼完整了。“看着看着，不知怎么想要自己动手了……”

我不知不觉地自言自语。绫乃小姐微微一笑：

“哎哟，一定是叫你不要动吧？”

“哥哥倒是这样说的，——但这儿有几百枚呢，我觉得即便拼上一片又怎样呢？”

“手指头尖有点儿痒痒的吧？”

“是啊是啊。”

“——不仅是有点儿痒痒的，还想看看这拼图的难度如何吧。”

这会儿如果有一个被摔成两半的盘子，一定想要把它拼在一起。把不完整的东西拼完整，这大概是人的本能吧。

但是，如果我自己站在雅吉哥哥的立场上，确实哪怕被碰了一下也觉得可惜。是的，如果现在动了那拼图，是不公平的。

我们对着桌上只出现了半张脸的玛琳 · 黛德丽说了声再见，向我的房间走去。

6

面前放着红茶和点心，我们在长椅子上并排坐下。我们的话题自然而然地从智力拼图开始，一直说到玛琳 · 黛德丽。

“托了哥哥是她的‘粉丝’的福，还经常顺便带上我去呢。”

因为我是年轻的女孩子，所以一个人是不能去看电影的。名门华族的小姐里，除了上学的时间以外，别说是去看电影了，几乎不出门的也大有人在。在这一点上，我真得感谢哥哥。

一般这时，哥哥的鼻子仿佛伸长了一般。

——喂，英公。

即使这样叫我，我也不会反驳说“请叫我英子”。我会心怀感激地“哎、哎”地跟着去。

绫乃小姐似乎不那么拘谨了，说：

“我没有哥哥，就没有这种机会呀。恋爱电影之类的都不行。我连《摩洛哥》都没看过呢。”

即便弹奏古琴的技术超一流，这方面似乎不太行。

“谁都说《摩洛哥》好，不是吗？但我还是喜欢《间谍 X27》。”

“……这个，我不知道。”

“相对于男人而言，这是部女人看过后更容易留在记忆中的电影。——故事的舞台，最初是奥地利。我记不太清了，好像应该是奥地利的维也纳一带吧，不管怎样，黛德丽在一条街上做娼妇……”

糟糕，一下子说出了口。太不文雅了吧。我心怦怦直跳。但是，已经蹦出口的话，即使用四头马车也追不回来了。当然，我更不可能在这时再追问上一句“娼妇，你知道意思吗？”于是只好咕咚地吞下一口红茶，像什么也没发生一样，继续说下去。

“——有一个男性客人对她说‘如果你愿意做间谍出卖国家，就给你很多钱’。黛德丽立刻叫来警察，把这个男人扭送给警察了。其实，这个男人是军队的政要——他正在寻找人才呢。男人的提议其实类似于石蕊试验一样，是一种考验。当然，她合格了。于是，这个男人对她说，‘你有爱国之心的，不妨做间谍吧’。”

“女间谍吗？”

“是啊。黛德丽对这意外的提议一点都没有感到吃惊。她想‘只要是为了国家’，就欣然答应了。看电影的人都觉得那情节是‘顺理成章的’，都很信服。但是，我却感觉挺别扭的，我当时就觉得：‘真的会那样吗？’我感到很怀疑呢。”

“为什么呢？”

“她呀，因为丈夫战死了，所以才做了那阴暗的行当。这样一想，就觉得她对待男人呀国家呀什么的，应该是带着冰冷的神情，冷笑又讽刺吧。她把那个军队的政要扭送给警察，其原因与其说是爱国之心，还不如说是因为她讨厌那种卑鄙的行为——讨厌背叛吧。”

绫乃小姐脱口而出：

“就是说，因为有人想要用钱——连她的心都要一起买下吧。”

我“是啊……”地点点头。

她说“连她的心”，这说法很奇妙。看起来她比我预想的要明白许多。于是我继续说。

“——那倒还不至于，如果做了女间谍，就必须要将男人玩弄于掌中，背叛男人。但是，这种背叛，对她来说根本就算不上是‘背叛’”。

“哦。”

原来如此，绫乃小姐赞同地点头。

“这样，她一次又一次地积累着战功。在这个过程中，她渐渐地对一个俄罗斯的间谍产生了爱意。于是，她放走了眼看就要被抓住的他，触犯了叛国罪，要被执行枪决呢。”

“哟！”

“她确实是不应该这样做的吧。不过，她如果不放走他，就等于背叛了自己。”

说到这儿，我继续在心里说。——如果是“国家”，便可以背叛。但如果是“自己”，却不能背叛。不然就是“卑鄙”了。

于是很偶然地，我忽然觉得这个女间谍与那个大叫着“请给我零分”的帕蒂内心的想法有些相似。这难道不是一种极其女性化的论调吗？这样一来，又让我觉得这是一种健康的论调了。

后来，她在走向刑场的时候，竟然选择穿上了她以往做娼妇时的衣服。这强烈的讽刺，是一种自我的申诉。

“那个女主人公呀，经常反反复复地弹奏一曲钢琴曲，叫《多瑙河之波》。”

“那个女主人公弹的……”

“有时惊涛骇浪，又有个性——”

我刚刚说的话，用音乐语言来形容就是变得渐弱了。

绫乃小姐的瞳仁望向天空，手掌从膝盖上举了起来。然后，她的手指像被赋予了生命力一般，开始动起来。从手的姿势上看，一定是弹奏古筝时的动作。她像是将《多瑙河之波》的曲调移植到筝上，正在回想着它的旋律呢。

绫乃小姐中途停下了手指，用让人无法拒绝的口气说：

“能借我钢琴用吗？”

7

在楼下的会客室，绫乃小姐让人预想不到的演奏会开始了。

由于没有人，会客室里很冷。绫乃小姐把手放到嘴前搓揉了好几次之后，伸展在钢琴键盘上。为了试音，她轻声地按动了几个音之后，手指停下片刻，再将手掌向上舒展，在键盘上弹奏起来。

这是值得一听的旋律，与我弹奏的曲调相比，简直让人难以相信是同一架钢琴。旋律奔流，溢满了整个房间。

当最后的音符逐渐走远，渐渐消失，绫乃小姐从原本略微前倾的姿势中恢复过来，仿佛附体的邪魔从她身上抽离了一般睁开眼睛。

她原来是闭着眼睛弹奏的。

“——怎么样？”

“真厉害……”

——这样的回答是我们在这种时候应该说的客套话。但是此刻，与其说“真厉害”，不如直接说“厉害”呀。

“玛琳 · 黛德丽弹的也是这种感觉吧？”

“啊……”

我听得入神，完全忘了此时的应答。

“嗯，——玛琳 · 黛德丽更像是外行人弹琴的样子。”

电影里一定是有替身代替弹琴，然后再配上音乐的。说“玛琳 · 黛德丽弹的”，没法简单地下定论。不管怎样，都让人有这种感觉。在我的耳朵里原本是很熟悉的音乐，绫乃小姐的手指却赋予了它新的生命。当然，我并不是说电影里弹的不好。电影里弹的钢琴也有它的必然性嘛。

绫乃小姐微微翘起嘴角，微笑着说：

“那一定是因为我在你面前弹的缘故吧。”

并非如此。

“可我真的吃了一惊呢。你不仅擅长演奏筝，钢琴也弹得这样好啊。”

绫乃小姐一副若无其事的样子：

“我的老师虽然年轻，可是连小提琴也会拉呢。”

她的语气，比弹钢琴前更加自信满满了。她的两眼闪着光。但是，我不禁想，与其说老师“虽然年轻”，还不如说“正是因为年轻，才能够擅长西洋乐器，不是吗”。

“能演奏筝的人吧，有点那个，怎么说呢——”

“你是不是觉得他们只知道些古老的东西？”

我暧昧地点点头，算是回答。绫乃小姐说：

“无缘无故地讨厌新东西的人哪儿都有啊。并不仅仅在演奏筝的世界里。确实有一些上一辈的人。——但是，宫城先生确实也经常听西洋音乐呀。他说他喜欢拉威尔呀德彪西、斯特拉文斯基。而且古典音乐的修养也不会输给任何人噢。”

他一定是有名的宫城道雄。说起拉威尔等人，那不就是现代音乐吗？

“哎哟，你在跟宫城先生学琴吗？”

绫乃小姐微笑着：

“无论怎么说，宫城先生已经不‘年轻’了呀。”

这倒是的。

“那么——”

“是一位叫川崎的老师。他父亲曾经和宫城先生一起活动，曾经被称为是‘新日本音乐的斗士’。我原本是跟着老先生学琴的。——从六岁开始。”

据说这种学琴的事情，一般是从虚岁六岁六个月零六天开始。她也一定是这样吧。

绫乃小姐继续说：

“但是，前不久老先生的身体不太好了，就换到了年轻先生的门下了。这年轻先生可是比他父亲更受好评的哦。”

当川崎家陷入困境的时候，说不定明里暗里受到了宫城道雄先生的帮助。绫乃小姐的口气中显露的敬意说不定继承了她的老师的敬意吧。

“说起宫城先生，——你知道《春之海》吧。”

“是啊。”

再怎么说，这首曲子我当然知道。这是去年备受关注的一首曲子。

来日本前被宣传成“小提琴女王”的法国演奏家卢奈 · 休梅女士听过这首曲子后立刻就喜欢上了它。休梅女士并不只是当了回听众，而是“自己也想尝试一番”地热血沸腾了起来。她将一节声部改编成小提琴曲，最后在演奏会上与宫城道雄合奏了一番。

这样的合奏并不多见，因此成为了街头巷尾热议的话题，演奏的好评如潮。据说从 Victor 出版的两人合奏曲《春之海》不仅在日本，在美国和欧洲也颇为畅销。

宫城曾说:“我也觉得是因为和休梅一起合奏，才引来了大家的关注。合奏之前并没有什么特别的，甚至连好评都没有。有人说‘因为日本人崇拜西洋音乐的缘故，给曲子贴了金’，听起来简单。但其实，令大家‘刮目相看’才是正确的说法。第一，曲子把休梅感动了。令她无论如何都想和我一起演奏的原因，在于这首曲子之中。所以，才有了这次合奏。”

“难道说——你去看了演奏会？”绫乃小姐问。

“是啊——在日比谷公会堂。”

还不如说不去看的人才令人奇怪呢。即便是门外汉，也知道“休梅告别演奏会”的消息。连报纸小说里都有那一晚的报道。对于弹筝世界的人来说，毫无疑问是一件大事。

“——我真羡慕你啊。”

说“那时”这个词，就是说只有一次的意思。不可能过后再补上。听了绫乃小姐的话，我不由得觉得她是放走了一条多么大的鱼呀。

“前半场是休梅的演奏。从居塞比 · 塔蒂尼的短调开始。——那首曲子很有震撼力的。——休息之后，帷幕拉开，舞台上有一扇金碧辉煌的屏风。在屏风前，出现了穿着和服礼服的宫城先生和黑色礼服的休梅。休梅身材高大，而筝前的宫城先生身材玲珑瘦小。但是，曲子一开始演奏，两个人弹奏的曲调仿佛从身体中离开，浮在天空，欢乐地游玩。——让人有种很不可思议的感觉。他们是日本的音乐家和法国的音乐家啊。两地相隔着多少山峰、波浪呀。两地之间有海洋也有沙漠吧。遥不可及吧。若是年代再早些，大概互相之间都不知道还有对方的国家吧。——他们是不可能相会的两个人呀。即便如此，上天的神灵是怎样考虑的呢，宫城先生和休梅居然这样齐心协力，共同分享着一曲音乐。两个人在谁都无法干扰的、金碧辉煌的舞台上相互配合。——这样一想，我坐在座位上，忽然之间发起呆来了呢。”

8

《间谍 X27》里，有一个留在记忆中的画面。回到我的房间，我们聊起了这个话题。

——进入了敌区的黛德丽把到手的绝密情报写成乐谱。音乐的高低和长短变成了展示内容的暗号。

经过一些迂回曲折的故事，乐谱本身被弄丢了。但是，她却牢牢地记住了那作为音乐的、前言不搭后语的曲调。黛德丽从危机中脱身，回到祖国。然后她在军队首脑的面前，演奏了那些奇怪的音乐，从而再现了那些编成乐谱的暗号。

“当然，从现实看，这其实挺困难的吧。”

我这样一说，绫乃小姐马上回答：

“如果是懂音乐的人看了的话，马上就会感觉到‘可疑’的。”

“是啊。但是，自从有声电影上映以后，花儿看上去很漂亮吧，暗号也能从画面中听到呢。”

这样说来，去年在学校，在我们班级里也流行用暗号交流。传达的内容本来就都是那些日常生活中的无聊的事。

但是，谜团放在眼前，设法解开的过程中充满着智慧，令人感觉奇妙。不管怎么说，秘密总令人趋之若鹜。外形出乎意料的东西里却暗藏着别的意思，这一点让人觉得颇为浪漫。

“帕蒂们也在学校做了各式各样的事情呢。”

——我总算回到了正题。绫乃小姐说：“我有些看不懂的地方。两年级学生悄悄地举办‘植树仪式’，不是吗？”

“是啊是啊。”

种植属于班级的树，然后围着它唱歌。好像是学校里流传的习俗。但又不是白天堂堂正正进行的“仪式”。这一点挺奇怪的。

“到了晚上，避开人们的耳目举行这样的仪式吧。低学年的学生们则拼命寻找着在什么时候，在哪儿搞这个仪式。”

“好像《间谍 X27》一样嘛。”

这样一说，我们俩回顾了一下这本小说，忽然发现那一章节里，不时地出现夏洛克 · 福尔摩斯和华生的名字。正如别姬小姐所说的，韦伯斯特也很喜欢侦探小说吧。

“——他们千方百计地避开那些不停地前来一探究竟的‘间谍’的耳目举行种树仪式，挺有趣的吧。低年级学生反而拼命地想找出来。清楚地分成了进攻的一方和防守的一方。在这一点上，不是挺有些神秘兮兮的味道的吗？”

绫乃小姐说：

“原来，是这样解释的呀。”

她安下心来。

“也不能解释成别的呀，这是那个国家的学生的习惯嘛。”我说。

“像那样的寄宿学校的话，一定有各种各样的习惯吧。”

“一个地方一个样，百里不同俗嘛，对吧？”

“这在他们那儿是理所当然的事，所以小说里也不会进行特别的说明。但对我们东洋人来说，就不明白了。我还以为我理解错了呢。”绫乃小姐说。

我忽然想到，

“——说起猜谜，那个，凯特 · 菲利斯。”

“啊，凯特 · 菲利斯。”

我们两人异口同声。和帕蒂同屋的朋友是德语研究会的秘书。在记录申请入会的人名的纸上，帕蒂丝毫没有多想就写上了偶然浮现在她脑海里的名字。从那时开始，根本就不存在的人，凯特，出场了。

“她编出了一个在这个世界上根本不存在的人，这里挺有趣的。”绫乃小姐说。

帕蒂为了使这个谜一般的杜撰人物好像实际存在一样，细致周密地安排了一番。

“这位小姐，你会取个什么名字呢？”

“这位小姐”是“你”的意思。

“我？……噢，如果是我……”

绫乃小姐稍微思考了一会儿，说要借用我的铅笔和纸。然后，刷刷地写了下来——松风峰子。

“好像是宝塚的演员呢。”我说。

“是啊。”

“她是怎样的女孩子呢？”我问。

“是个高个子、跑得快的女孩。”

“像风一样吗？”我又问。

“是的。”

在这时，我们还无论如何也想不到这个“松风峰子”日后会制造出多少麻烦。

“说起寄宿制，你看过《穿制服的处女》吗？”

这是今年上半年独占了人们热议的银幕话题的一部德国电影。像这样的电影一般会在几个电影院首映。但是对我来说，很难到浅草或新宿的电影院去。《穿制服的处女》在我所熟悉的帝国剧场也放映了。托了帝国剧场的福，那里的话比较容易跟着一起去看。电影院里来了许多和我差不多年龄的女孩子。

然而，绫乃小姐对这部电影也仍然把头摇得像拨浪鼓。

“电影的背景是寄宿制的女校哦。即便这一点相同，美国和德国也像冬天和春天一般完全相反。电影里的学生们是立正不许动的。这和帕蒂的学校完全不一样嘛。——就单说学生们能和站在台上的老师自由地交流这一点，还是美国风格让人觉得更好呢。”

“但是，就是这个美国用暴力手段占领了夏威夷王国不是吗。我听说——流着血和泪的王国的人们来向日本求助的时候，日本也只能是无可奈何。”

听她这样说，我不禁想，建立国家这样的组织或是更小些的集团，这件事本身大概就已经背离了公正的轨道了。

如同在鱼缸里的金鱼，大概是看不见鱼缸里的水吧。自己身在怎样的水中呢——要做出这个判断，不远隔一段时间或距离，一般来说是不可能的，而且，也是不被允许的。是谁不允许呢，就是我们所知的国家不允许。

经过了百年，经过了千年之后，人类的智慧是否能把这种国家的存在稍作改变呢？

即便如此，《穿制服的处女》可以说不但巧妙地抓住了我们谈话的内容，再加上我客观的想象力后让我忽然想起了那篇记录着宫城道雄和卢奈·休梅合奏的新闻小说的一节。

我是去年读到它的。现在我还能想起它来，它当然在我心里留下了烙印。当然，迄今为止，我对谁都没有说起过。

我知道我的话好像跳过了三个段落一样，但我还是说了出来。

“哎，我在哪本小说里读到过，以前的罗马规定，不管犯了什么罪都是不能将处女处死的。”

那小说的作者是川端康成。

绫乃小姐沉默着。

9

雅吉哥哥回来后，我跟他说了“松风峰子”的事。这是学国文学的人应该知道的。

“这还真像是奏筝的人想出来的名字，不是吗？”我说。

“‘这是回荡群峰的风暴，抑或吹过松林的疾风’——”

这是广为人知的《平家物语·小督》中的一节。深受天皇宠爱的小督，为了躲避权臣平清盛的迫害，藏身于嵯峨野的山林中。天皇派了一个叫仲国的人前去寻找。在一个月光皎洁的秋夜，仲国来到了广阔的嵯峨野。小督会在哪里呢？小督是弹琴的高手。——现在的人认为筝和琴是一回事，但《平家物语》中写的是“琴”这个字，也许小督弹的是和现在的筝不同的“琴”吧。总之，仲国觉得，在这样的夜晚，高雅之人定会弹琴抒怀，循着琴声也许就能找到小督。果然，当仲国来到一片松林附近时，他听到了美妙的乐曲。

——“这是回荡群峰的风暴，抑或吹过松林的疾风，还是所找之人的琴音？虽然一时难以确定，仲国赶紧催马向前。”这一部分特别有名，有很多乐曲都以这一段为歌词。不用说，取材于这一部分的筝曲也应该不少。

“还有啊——”

哥哥很神气地用手指蹭着鼻子说：

“小督弹的曲子叫《想夫恋》吧？”

“是啊。”

“细细辨认那曲子，是一曲叫《想夫恋》的乐曲。——《平家物语》里就是这么说的。这一节读来真是令人感动。”

“可是啊，其实这是个天大的错误。”

“啊？”

“确实有一首叫‘SOU-FU-LEN’的曲子。但是，据说原本是指‘大臣家里的莲花’的意思。‘LEN’的第一个字母 L，并不是‘Love’的 L，而是莲花的 L 呐。”

然后，哥哥写了“相府莲”三个字给我看。我一听说，仿佛立即被人从浪漫的故事世界里拉回到了现实之中。

“这不是煞风景嘛。是谁这么说的？”

“吉田兼好。”

“这是——是那个兼好法师吗？”

“嗯，是那家伙。”

哥哥很轻松地说。他站起来，拿来一本《徒然草》给我看，接着说：“——‘想夫恋’这个曲名并非出自女人对男人的恋爱之心。”哥哥简直就像无事生非的大叔。“晋朝的王俭，是朝廷的大臣，这首《想夫恋》的曲子是他摆弄着他家种植着的他最钟爱的莲花时作的曲。”哥哥继续说。是这样啊，我摇摇头。

“你像一个万事通，到处显摆着自己什么都知道似的，这挺令人不快啊。”我不由得说。

哥哥继续说：“但是呢，听说有学者查了那个‘王俭’，发现他不是晋朝而是南齐的大臣。就是说即便是兼好也弄错了。”

“讨——厌。”我真想对哥哥说上一句。

我回到房间，睡觉之前把这件事写成了一封信，放入鸠居堂的信封里。收件人则写上了清浦绫乃小姐，寄件人写上了松风峰子。

第二天早上，我提早出门，去了秋季班的教室。我已经知道了绫乃小姐课桌的位置。于是我把信放进了她的课桌。像这样形式的信件交流并不少见。有时，高年级的学姐们也会在惹人喜爱的低年级的学妹的课桌里悄悄地放入一封信。

中午休息的时候，绫乃小姐来了。

“——峰子小姐。”

她这样叫我。“你的信，真有趣啊。”她虽然这样说，但我觉得，更有趣的是，不仅帕蒂能制造凯特·菲里斯，我们制造的松风峰子这个人物也能粉墨登场呢。

她的好朋友们偶然听见她这样叫我，完全不明白为什么她把“花村英子”叫成了“松风峰子”。看着那些懵懵懂懂的面部表情，就更有趣了。

自那以后，每当我们在走廊上碰面时，我和绫乃小姐无论谁先开口，都会把对方叫成“松风小姐”或者“峰子小姐”。

10

这一年的年底，皇太子殿下的诞生，使街上变得史无前例的热闹。

在殿下诞生日的二十三日和命名式的二十九日，我们学校也举行了奉贺仪式。白色墙壁的大讲堂里挤满了穿着五瓣花纹的紫藤和服和深褐色的袴的人。至于紫藤的浓淡可由各人自行决定。我穿的和服是略微深青色的。在奉贺仪式之后，校内举行了奉祝的游行。

城市里，到处装饰着金太郎、桃太郎、富士山等，或者凤凰等图案，五颜六色的花电车在街道上往来，到处是提着灯笼的游行的队列，一直持续到深夜。

天亮了就是新年。

绫乃小姐带着我写下了“松风峰子”的名字的那个信封来找我了。封印被小心地、干净地剥离掉了。绫乃小姐一边递给我，一边说：

“我想把这封信一直保存下来留作纪念。能否请你在‘清浦绫乃小姐’的旁边写上我在麻布的住址，——然后，请你在‘松风峰子’的旁边再写上‘这个人’的住址好吗？”

这样一来，看上去就像真的信一样了。就像是邮递员送来了一封“松风峰子”寄来的信一样了。——我想是这么一回事儿，所以我就按照她的要求写下了那些文字。

绫乃小姐又继续说道，这一次，她希望我们两个人一起举行一次我们曾说起过的“植树仪式”。

“地板上每间隔一段不是就有放置着福寿草的花盆嘛。因为已经过了正月新年，所以这些花盆的任务也就完成了。于是享受优惠，我接受了这些花盆。咱们俩一起把这些花移植到学校的角落里去吧。”

这是一个颇具魅力的提议。由于正值冬季，所以地面光秃秃的，并没有能够点缀些颜色的花朵。如果我们悄悄地种植上福寿草，那么地面上就会点亮黄色的灯光。

绫乃小姐把福寿草的根部包裹上吸过水的脱脂棉，用油纸卷好，再用报纸包上拿了过来。我负责用铁铲挖土。这铁铲是在我学习整理花坛时家里买给我的。大小正合适，带着走不会觉得碍事。

顺便说一句，听说在关西，大的叫铁铲，小的叫铁锹。这和关东正好相反。这也正是“奇乡异俗”的一个例子吧。

言归正传，就算是秘密的仪式，也不可能搞成像帕蒂的书里描述的那种夜晚举行的仪式。午休时间，在学校西面最靠里的角落，礼法教室旁边的假山的后面，只我们二人举行了“植树仪式”，没有外人进入。

虽说是中午，却正值寒冷的季节。这里那里，柔软的土地高拱出地面，银白色的霜闪着亮光。我们一边想着“在这样的季节种花，是不是有些勉强了”，一边寻找着一块能晒到太阳的好地方。由于东南面被假山挡住了，所以条件不太好。我们一直找到靠近中门的地方，终于把地点定了下来。

先挖出个小坑，把福寿草种了进去。用铁铲固定住根部的泥土。我尽量不弄脏自己的双手，而绫乃小姐则用手用力拧脱脂棉，将滴下来的水对准根部洒了一遍。她那被冷风吹过的双手变得通红，看着冰凉。

“植树仪式”完成之后，我们稍微离远些再看了看。花儿绿色的茎的上面，仿佛放着一只煮熟的鸡蛋的蛋黄一般。

绫乃小姐这样说道：

“来到后院，看到这些花儿，就一定会想起我曾经在这儿呆过吧。”

我不禁觉得，她的话真有些老人叙旧的味道。然而，“我们俩种的花，不被人知地悄悄地在这角落里盛开着”，还真是快乐的想象呢。

11

从那以后，一个星期过去了。

今天星期四，虽然太阳出来了，照耀着帝都，但是清晨还是寒气逼人，据说远方的北方大陆下了大雪。我在学校并没有见到绫乃小姐。由于我们不在同一个班级，是偶然见不到面，还是她今天休息了，我不知道。即便知道，也因为在冬天，看着自己呼出的气体变成了白色，一定会想“她感冒了吗”。

第二天仍旧没有碰见绫乃小姐。然后，就在这天傍晚，绫乃小姐的妈妈，好像是突然来到我家拜访。她说，想和我见面。这不一般。“怎么回事啊”，连我妈妈也担心起来，陪着我一起来到客厅。然而，绫乃的妈妈说：

“真是对不起……”

好像只是想要和我谈谈。

等只有我们两个人的时候，她取出一封书信。

“这个，你看见过吗？”

啊，我吃了一惊，不需要递到我的手里，我就知道那是“松风峰子”的来信。

“这是我写的信……”

据说这封信在绫乃小姐的书桌上放着，连藏都没藏。但是，那封信并非是原有的样子。不仅贴上了邮票，还被敲上了邮戳。它实际上是被邮寄过了。

这真奇怪。这“松风峰子”应该是仅在我们的空想中存在的人物呀。她是不可能从信中走出来，再奔向邮筒的。

我跟绫乃的妈妈说明了事情的经过。

“使用这个信封的，不是我。是别人。——绫乃小姐一定是把它给了别人了。她曾说过：‘你想要给我传递信息的时候，就放进这个信封里吧’。”

“是这样啊……”

绫乃妈妈眉间的皱纹更深了。然后她说：

“……那么，这信封里面的东西，你知道吗？”

我将自己细细的手指伸入信封，取出几张纸片来。这上面，写着汉字。

首先是一张便笺，上面写着如下这些。

先安赤胜大胜佛胜 负胜

胜先 赤胜

先安

赤安友安

另外，一张从记事本的前页撕下的，写满了各个月份的预定活动的纸张，一同放在信封里。

那上面，在几个月的预定活动栏目里，都写入了两个汉字。最初是三月，一日的旁边写着“先胜”。这之后，二日的“友引”直到六日的“赤口”是看惯了的表述一周六天的词语。然后，在七日里写着奇妙的“先引”二字。

有记录的月份，按顺序是三、五月、八月、十月、十二月。也不知是不是误写，三月和十月的最后一天三十一日里，“友安”的后面还写上了“友安”，而且写出格子外了。

那上面的全部记录如下所示。

3月

1先胜·2友引·3先负·4佛灭·5大安

6赤口·7先引·8先灭·9先灭·10先安

11先口·12友胜·13友胜·14友负·15先负

16友灭·17友安·18友口·19友负·20先负

21佛胜·22佛引·23佛负·24友胜·25先安

26佛安·27先胜·28赤口·29大胜·30大引

31友安·友安

5月

1赤口·2先引·3大负·4先胜·5友胜

6友灭·7友安·8先胜·9先安·10大灭

11大口·12赤胜·13赤胜·14佛引·15佛灭

16赤引·17先灭·18佛胜·19佛引·20佛负

21赤负·22大负·23友胜·24大胜·25赤灭

26 赤安 ·27 先灭 ·28 先负 ·29 胜先 ·30 胜引
31 赤安

8 月
1 友引 ·2 胜灭 ·3 赤胜 ·4 先灭 ·5 先灭
6 胜引 ·7 赤安 ·8 先灭 ·9 赤灭 ·10 先胜
11 先负 ·12 胜安 ·13 胜口 ·14 胜灭 ·15 大胜
16 大灭 ·17 友胜 ·18 大胜 ·19 先引 ·20 胜口
21 引胜 ·22 胜口 ·23 友口 ·24 胜先 ·25 佛胜
26 佛引 ·27 佛负 ·28 引负 ·29 友安 ·30 友灭
31 大引

10 月
1 赤灭 ·2 先胜 ·3 先灭 ·4 佛灭 ·5 先灭
6 先负 ·7 大引 ·8 赤负 ·9 先灭 ·10 先口
11 赤负 ·12 先灭 ·13 引胜 ·14 赤安 ·15 引灭
16 赤灭 ·17 大口 ·18 友引 ·19 友负 ·20 先负
21 佛胜 ·22 佛引 ·23 佛负 ·24 友胜 ·25 赤口
26 友安 ·27 佛安 ·28 先安 ·29 引安 ·30 引口
31 友安 · 友安

12 月
1 先胜 ·2 大引 ·3 先胜 ·4 大引 ·5 大负
6 友灭 ·7 胜先 ·8 胜引 ·9 赤胜 ·10 佛负

11 胜灭 ・12 先灭 ・13 胜口 ・14 友口 ・15 赤胜

16 佛引 ・17 先安 ・18 佛胜 ・19 佛引 ・20 佛负

21 先负 ・22 佛灭 ・23 赤胜 ・24 先胜 ・25 负胜

26 引胜 ・27 大引 ・28 先负 ・29 佛负 ・30 负引

31 友口

以上这些，我不可能看得懂。

绫乃小姐的妈妈毫不掩饰她的失望，“从去年开始她就一直说——和麹町的‘松风峰子’小姐很要好。我想那一定是学校的朋友。我觉得‘大概没错’就把这封信直接交给我女儿了。——因为寄件人的地址是你家的地址，所以我想你一定知道些什么吧……”

我确认了一下桌上的信。那真是一件奇妙的事——我脑子里先有了这个前提，再看着绫乃妈妈焦急的模样，忽然感觉我明白了什么。

“绫乃小姐，——她不会是离家出走了吧？”

“……没有。”

绫乃妈妈眼里含着泪，用渗透着苦涩的声音说：

“……绫乃是我们清浦家继承家业的独生女儿。请你无论如何，帮我们保密一阵子……”

绫乃妈妈的回答是基本肯定的。

虽然我完全没有线索，我还是探出了身子说：

“如果您同意，能让我把这些抄下来吗？我不会对别人说的。我说不定能想起什么线索来呢。”

像抓住了一根救命稻草——以前听人这么说过。绫乃妈妈点了点头。我准备好纸和笔，抄下了这些有如七拼八凑了年历工厂的活字模般的文字。

我和绫乃小姐也聊过一些有关暗号的话。因此，便笺上写着的一定是一种暗号，仅此一点我还比较肯定。

于是，直到上床睡觉，我不停地瞄着这些有如和尚念的经文般的文字，当然还是看不出什么来。像是抓着一朵云，说的就是我这感觉吧。

只不过，那次“植树式”的含义我算看出来了。绫乃小姐当时正下决心要丢掉现在的生活——这样解释比较合理。她是想在这校园里，在这从幼儿园到现在，她生活了十几年的校舍里留下一些纪念。她大概把自己和帕蒂的故事连在了一起。

那天夜里，我梦见了深黄色的福寿草。有人说“梦里没有颜色”。而我，从童年开始，就老是做一些有颜色的梦。这是无从争辩的事实。因为谁也无法跨入别人的梦乡，绝不可能。

12

这件事决不对任何人说——我这么保证过。但是，我不可能完全的“谁也不说”。理所当然，妈妈追问我到底发生了什么事。

因为是母亲。她担心我是不是做了什么不规矩的事。这样一来，我就不可能一点也不透露了。

还有一个人。在这种时候总是能把我从迷雾中引向出口的，毫无疑问是别姬小姐。在早晨上学的汽车里，我对她说起了那些令人不解的文字列。

“江户川乱步的书里，不是写着有‘二钱铜货’的吗？”我说。

“是啊。”

“基本上就像那个样子。”

“——您是说？”别姬小姐问。

“那里面也是用连在一起的汉字作暗号的呀。”

“——是‘陀、无弥佛、南无弥佛’啊。”

汽车开到了赤坂离宫的前面。我让她稍稍停一下车，给她看了我抄下来的像是暗号般的东西。

“——这个‘先安赤胜大胜佛胜　负胜　胜先　赤胜　先安　赤安友安’。我觉得这个一定是一封信。”我说。

“那我们假设就是这样。”别姬小姐回答。

“——这样一来，后面的每个月的预定安排的那张纸里写着的，就应该是解开谜底的钥匙了。有如‘跟着这个读下去’的指引。”

“是啊。”

“但是我就是停在这儿了呀。到底，为什么‘三月’或是‘五月’是钥匙呢，真不明白。比如‘这些月份里共同的东西是什么’呀，我可是苦思冥想了好几种可能性呢……”

别姬小姐回答了一声“嗯”，就把便笺还给了我。

“请问我可以开车了吗？”

松开刹车。福特汽车开始慢慢地移动。别姬小姐紧握方向盘，一边注视着前方，一边说：

“‘这些月份’里共同的东西是什么呢？”

“是什么？”我问

“‘二钱铜货’里，有‘南无阿弥陀佛’六个字。所以考虑与‘六’相关联的东西。”别姬小姐说。

“是这样啊。”

是数字。

“例如，可以认为‘三月或五月’的意思不是‘二月或四月或六月’。”别姬小姐又说。

“怎么回事……”我自言自语，再看一遍手里的便笺。

“……大月。”别姬小姐说。

我想，“如果是数字的话……”我不知不觉地说了出来。

“‘三十一’……”

暗号的对象是语言。如果语言里说“三十一”，谁也不会想来想去。会反射性地认为“三十一文字”的意思。如果这样，多出来的一个字，就是“多余字”的地方。

“……难道是和歌吗？”我不解。

“如果是的话，我们就前进一步了。”别姬小姐说。

前方渐渐看得见青山口的巨石了。向右转弯不远就是学校了。

“说不定看到了迷宫的出口。”我忽然想，并对这个想法一方面感到略微的兴奋，另一方面嘴上却说：

“会是前进吗？和歌，可是比天上的星星的数量还多呢。”

“这倒确实如此……”别姬小姐说，语气里没有一点儿担心。福特汽车慢慢地前行。别姬小姐一边开车驶向正门，一边说：

“和歌中用的连接词里，哪一种词汇用得最多，您知道吗？”

“……大概是‘KERI’吧。”

“有道理。”

别姬小姐的制服帽稍稍向前倾了倾，像是在点头。

于是，到了学校门口了。

13

我家的园艺师里有个叫阿德的。他的名字好像是叫德二郎或德松什么的。

在我们学校里也有几个德川贵族家的千金小姐。听说她们也时常被朋友叫成“阿德”。这如果发生在江户时代那就真的不得了了。这么叫她们一定会被砍脑袋的。前几天我这样咨询了那位不是德川家的园艺师阿德。

“福寿草这种植物在现在这么冷的季节里移植，能存活吗？”

阿德的那张通红的布满皱纹的脸上下摇了摇说：

“没问题。那是种顽强的植物。”

然而，他这样保证以后，又换了种语气说：

“啊，但是，如果盆栽的话，根部是被切断的，——嗯，很难说。”他细心地补充道。

这天是星期六，半天就放学了。但是，这样一来我在回家前便想到学校的后院去看看那株花。真遗憾，名字里有福和寿的这株花，在冰冷的地面上失去了生气耷拉着。我祈祷这并不意味着绫乃小姐的前途凶险。不如说，我倒希望那花儿已经代替绫乃小姐遭受过艰难险阻了。

我坐上回家的汽车，汽车一开动，我就开口道：

“我明白了。”

“是吗？”

“如果发现与和歌有关的话，后面就一口气都知道了。结尾是‘友安・友安’，有两个呢。”

“是啊。”

“如果是和歌的话，两个汉字表示一个平假名。如果是‘KERI’的话，‘KE’和‘RI’是两个不同的平假名。如果说结尾是两个相同的平假名，而且五首和歌中有两首都是这样的话，说明这是一种常见的说法。会是什么呢？我试着回想了一下百人一首，第一首是天智天皇的和歌。‘AKINOTANO KARIHONOIHONO TOMAWOARAMI WAKAKOROMOTEHA TUYUNINURETUTU’。最后是‘TUTU’。扳着指头一数，‘TOMAWOARAMI’的地方有六个音节，正好多了一个音节。”

在这个晴朗和煦的冬日里，当我发现这种一致性时，我的心情就像今天的天空一样明朗舒畅。我继续说道：

“——因为是‘TUYUNINURETUTU’，所以倒数第七个音节也是‘TU’。到底行不行呢？我试着看了看‘三月’，倒数第七个是‘佛安’。不是的。那么，‘十月’呢？果然正好。倒数第七个是‘友安’。”

“如果那就是天智天皇的和歌的话，那么一下子就能破解总计三十二个字了。”别姬小姐说。

“是啊。如果把这些字试着代入进去的话，那么第一首‘三月’就是‘KIMIKATA 大 安 HA 先 引 NONONIITETE WAKA 友 灭 TU 友 口 WAKAKOROMOTENI YUKIHA 大胜 RITUTU’。这就证明了我们的思路是对的。这是光孝天皇的和歌。‘KIMIKATAME HARUNONONIITETE WAKANATUMU WAKAKOROMOTENI YUKIHAFURITUTU’。这样又确定了‘大安’为‘ME’，‘先引’为‘RU’，‘友灭’为‘NA’，‘友口’为‘MU’，‘大胜’为‘FU’。可以推测，所用的和歌都是百人一首里的。”

“这样的话，后面就简单了。”

“是啊。剩下的三首和歌应该就是‘HARUSUKITE NATUKINIKERASI SIROTAENO KOROMOHOSUTEFU AMANOKAKUYAMA’、

‘MIYOSINONO YAMANOAKIKASE SAYOFUKETE FURUSATOSAMUKU KOROMOUTUNARI’、‘KIRIKIRISU NAKUYASIMOYONO SAMUSIRONI KOROMOKATASIKI HITORIKAMONEMU’。——把已知的字代入暗号，那就是‘NISIFUKO HI KU SI NI MATU’呢。——‘二十五日、九时等’。”

“精彩！”

别姬小姐表扬了我。可是，我却高兴不起来。

“可是，这还是像好不容易去一趟百货商场，却碰上关门休息一样啊。”

“为什么呀？”

“这不还是白费劲吗？好像是被一个男人叫了出去。这是早就隐隐约约猜到的。事后即便知道了他们约定的时间，也还是没用啊。——会合地点大概事先早就商量好的吧。最后只是通知了实行的日期和时间。——去了哪里？对方是谁？关键问题还是什么都不知道。”

别姬小姐说道：

“果真如此吗？”

我吃了一惊。

“……不是吗？”

我发出了无助、沮丧的声音。仅凭这些信息，还能有什么新发现呢？别姬小姐若无其事地说道：

“‘佛胜·佛引·佛负’这种排列，在每首和歌中都出现了。这里可是有五件‘衣’服呢。”

我赶忙又重看了一遍。的确，出现“KOROMO（衣）”的分别是“WAGAKOROMOTE”、“SIROTAENOKOROMO”、“KOROMOUTU”、“WAGAKOROMOTE”、“KOROMOKATASIKI”。我原来只想着这些都

是百人一首里的和歌。可是，这里排列的这些和歌，确实是里面都有“KOROMO（衣）”这个词。这不可能是一种偶然。

“这，是什么呀？”

“《八重衣》。”

好像听说过。

“……是筝吧。”

有些筝曲，是以和歌为歌词，边弹边唱的，比如说有名的《千鸟》等乐曲就是如此。《八重衣》就是这样一首筝曲。

“是的。”

我想起来了。我曾经跟绫乃小姐说起过，《间谍 X27》中用乐谱作暗号。

“——因为绫乃小姐是接收人，所以筝曲成为关键一点也不奇怪。”

“暗号是别人送来的。发送人和接收人都精通筝曲，这样想不是更合情理吗？——我们不能毫无根据地胡乱猜测，但是，如果是私奔的话，那么对方肯定是身份相距甚远的人，不会是华族。——学筝也不一定是老师上门来教的。如果说是从小就学的，那么也许老师就在附近。对方也许就是在那种地方认识的——这么想也不算牵强吧。”

应该说，不管是上老师家里学还是让老师上门教，肯定有以筝为缘认识的人。我不由得想起了绫乃小姐说起她的年轻老师时的眼神。

14

今天是星期六。就算清浦家还将绫乃小姐失踪的事保密着，这个周末也应该是最后的极限了。

保密，是为了清浦家的名誉和绫乃小姐的将来吧。

《间谍 X27》中的黛德丽有着自身的想法。然后，她最终却被枪毙了。即使不举新的例子，莎士比亚的《安东尼与克莉奥佩特拉》怎么样？曾经一度掌握了罗马帝国霸权的马克·安东尼，将罗马这个“公”和克莉奥佩特拉这个“私”放在天平之上，他选择了后者。他高呼“让罗马融化在台伯河里”，“生命的光荣存在于心心相印之中”，拥抱埃及女王。选择了爱情的英雄的末路是败北，是成为被嘲笑的对象。

通常，“公”总是嫉妒爱情这个“私”。这时，公的獠牙是最丑陋最尖利的，毫不留情。对于想走纯粹之路的绫乃小姐，作为旁观者我的立场竟然变得如此平凡，连自己都觉得可悲。无论如何，我希望绫乃小姐的将来是幸福的。我不希望她坠入毁灭的深渊。难道绫乃小姐和清浦家这两方面就不能互相走近一步，妥协一步吗？难道就没有更稳妥的道路吗？

正因为如此，在这个周末，我一定要找到绫乃小姐，不管怎样都要和她谈谈。

我一回到家，就向妈妈打听“叫川崎的教筝的老师”的住址。就算妈妈自己不知道，她的朋友中间肯定有喜欢日本音乐的。即便没有，希望自家的女儿学习筝，将来作为“嫁人的本钱”的家庭也不在少数。

仅仅挂出个门牌，上面写着“筝·三味弦”的琴师，东京市内不胜枚举。然而，绫乃小姐这样说起过她的年轻老师——“父亲与宫城道雄关系密切，他甚至被称作新日本音乐的斗士”。显然是个了不得的人物。如果绫乃小姐的评价不是太夸张的话，他一定颇有些名气。我与其去图书馆找，或是到报社打听，还不如这样做最简单。

“为什么要打听这个呀？”妈妈问我。

“我的朋友里有个‘想学筝’的。她说杂志上登着那个川崎老师的照片，对他的评价很高呢。但是，她说‘特地到杂志社去打听老师的住址觉得挺不好意思的’。于是，我就想显摆一下‘我妈妈什么都知道啊’，一不小心说出了口。”

我知道听上去是多么可疑。然而，从不怀疑别人的妈妈走进电话室，在帮我向某人打听“教筝的川崎先生”的事情了。当然，向绫乃小姐家打听无疑是最确切的，但是我在现阶段还不想让他们知道。

妈妈告诉我川崎先生的住址在麻布区。我吃过下午茶点小泡芙之后，说了声“去银座”就离开了家。我告诉别姬小姐川崎先生的住址。

“果然与清浦家很近啊。”别姬小姐说。

“附近住着有名的老师，所以才让自家的小姐去学的吧。正如别姬小姐说的一样啊。”我说。

福特汽车从麹町出发穿过赤坂区进入麻布区。一眼就看见了目标。那房子是比我想象中更气派的两层建筑。宽大的庭院围在建筑物周围。汽车一直进入到了前庭。

我们在那鸦雀无声的玄关前站着。很快，一个书生穿过擦拭得干干净净的走廊，走了过来，正坐在我们前面。在我斜后方站着的别姬小姐介绍我时，报上了经她稍作更改的我父亲的公司名称，听上去就像真实存在的某某商事，而我是那商事的千金小姐。我接着说：

“我从朋友那儿听说这里的老师的事情后，一定想要跟随他学习筝才前来拜访的——”

大概不太会有像我这般年龄的小姐亲自前来求教的吧。但是，书生并不认为我是个乔装改扮别有用心的刺探，真诚地抬起头来说：

“噢。但是，我们这里一天要来几十个人。大多数都是代课老师教的，这样如果让你们失望就不太好了……”

他的话音袅绕，声音洪亮。

“您这儿也上门来教学生吗？”我问。

“目前，老师的时间都已经排满了。”

“老师他，每天都在这里教学生吗？”我又问。

“原本是这样，但最近老师有些事情，每天傍晚前后都要出门。——今天也是如此，老师他已经在准备出门了。即便您在这里等着，也是没法见到老师的……”

听上去好像“你这有钱人不懂世间的规矩，上门来真是麻烦”的样子。

“真遗憾啊。”我说。

“哦。我们这里就是这样的情况。——那我就不奉陪了。”他向我们行了个礼，又补充说：

“这里是大玄关。——如果您想学筝，下次还来这里的话，请从左手边进来。那儿是内玄关。”

我一边走回汽车，一边说：

“就是说，‘你们不是客人’的意思。”

“是这么回事啊。”别姬小姐同意。

如果说这里——生意兴隆，则有些奇怪，但确实还是很有人气的。

“但是，刚才他说的‘老师在准备出门’如果是真的的话，那我们可真是来对时间了。这难道不是千载难逢的机会？”我说。

别姬小姐也点了点头。

15

我们把汽车停在了能看见川崎府邸门口的位置。

“假设，如果现实发生的事情正如我们所想象的那样。如果这样，那么‘傍晚前后出门’——就应该是要去绫乃小姐呆的地方。”我说。

“应该是这样。”别姬小姐赞同。

“为什么没有把她带到这个房子里来呢？”我不解。

“他父亲，不是说有病在身吗？而且，佣人呀弟子呀什么的，好像有许多人住在这里。基本上从他父亲一代开始就是忠臣嘛。避开这里不就是理所当然吗？”别姬小姐说。

“是啊，还是年轻老师。——一定是在哪儿租了个公寓吧。”

近代风味的公寓是最近流行的。

“不会。大概应该是一栋独立的房子，与邻家之间相隔有一段距离吧。”

“为什么？”

“他肯定是想让她继续练习筝的呀。担心声音，还有，当然希望避开世间的视线。这两点加在一起，我想应该是郊外的一栋独立房子。”别姬小姐说。

我恍然大悟。

“两个人弹奏筝，——然后，绫乃小姐如何打算的呀？”

“肯定是因为不被允许，所以她想先造成同居的事实——她也许是这么想的。但是，这其实很危险。”别姬小姐说。

“是因为她是有身份的家庭出身吗？”

“并不仅仅是绫乃小姐的问题。她一定是已经准备好被责难的。但是，这之后，川崎先生是否能够继续坚持下去？”

“……”我无语。

“现在看上去好像很兴隆的样子。但是，学习筝的绝大多数是良家的子女。这其实就是挣钱的手段，吃饭的家伙。这样的事情如果被人知道了，会有什么结果呢？”

“啊……是啊。”

不管他父亲的名声有多好，不管年轻老师的实力有多强，一旦卷入与女性有关的丑闻，那么听说丑闻的家长谁都不会再将自己的女儿送来了吧。再说，这事件对华族家庭本身就是损伤啊。即便招收男学员，或是演奏会召集观众，都会难上加难。很有可能会直接被社会抹杀了。

一辆出租车开进川崎府邸。看来是来接人的。过了一会儿，接好乘客的出租车开了出来。书生一直送到门口。从那恭恭敬敬的样子判断，可以认为“他目送的一定是年轻老师”。

别姬小姐故意间隔了一段时间后才开动了汽车。前方的出租车正向着白金台的方向开去。

“我们该怎么办呢？”我问。

“绫乃小姐回家，就好像什么也没有发生过一样一如既往地过日子——这是一种解决办法。这是目前世间大多数人都认同的最好的解决办法吧。——但是，既然已经这样了，我想她回家之后，正式与川崎先生结婚才合情合理。”别姬小姐回答。

“是吗，会顺利吗？”

“如果有像大臣这样从事要职的有身份的人在中间牵线的话，大概能办成吧。——清浦家那边，认川崎做养子后让他继承爵位。这样该办的手续都一步一步完成的话，宗秩寮也不会反对吧。”别姬小姐说。

宫内省的宗秩寮是掌管和审议爵位继承事务的地方。

“但是，怎样才能找到这样一位从事要职的有身份的人呢？”

别姬小姐这样说道：

“小姐殿下。——用您刚才的语气，您难道不能拜托您的父亲成全此事吗？”

对啊，我恍然大悟。而别姬小姐还是用她那沉着的口气继续说道：

“——我说得太多了。请您原谅。”

“不。……是啊，应该这样啊。”

16

在我们前方疾驰的出租车，从省电车线路的目黑车站边经过，开过刚刚关闭的目黑赛马场，向着碑文谷方向开去。现在是冬天。一旦天空出现暮色，即刻便被厚重的夜色包裹。周围也寂静了下来。

“在市中心还可以，这里的话很容易被前面发现的呀。”我说。

秘密行动的时候总是会对周围的一切备加警戒。如果同样的车灯一直跟随在自己身后，肯定会觉察的。

“如果周围有其他的汽车就好了，我们的这辆福特汽车还是很好混入其中的……”别姬小姐说。

东京市内最多的汽车就要数福特汽车了。人们都说扔块石头都能砸中福特汽车。换了爸爸的派克汽车就醒目了，这辆福特还是比较令人安心的。但是，天完全黑了。夜色之中，看见后面跟着既不靠近又不远离的车灯，一定会觉得奇怪的。

正在我们担心着的时候，年轻老师乘坐的出租车一下停住了。即使是在东京，到了这里，周围也全都是农田了。仅仅能远远地看见三三两两的居民家的灯火。

“糟糕，我们还是被发现了吧。”别姬小姐说。

“失败了吗？”我问。

“不。在这里要叫出租车可就难了。说明他的目的地在步行的范围之内。——我先开上去超过他们。如果可以的话，请您注意那年轻老师朝哪个方向走的。”

我几乎都要把鼻子贴在车窗上了，仔细地关注着。我们的汽车超过那出租车后，开出去了相当一段路后向右边转了一个弯，再掉头回到了来时的路上。天空中出现了许多闪亮的星光。

“他下车后一直盯着我们的车呢，后来我们超过去了，他就往回走了。我在那回程的出租车的灯光里看见了他的身影。”我说。

“是吗？那么我们慢慢地往前开吧。小姐，不好意思，您能把车窗打开吗？”

“……但是，好冷啊。”我这样说，想打探一下别姬小姐的意图。我将后座的厚厚的玻璃车窗摇了下来。在汽车行进的同时，慢慢的，仿佛从繁星闪烁的黑色天空中空降下来一样，传来轻微的音乐声。是弹奏筝的旋律。

农田的对过，我能看见一簇被低矮的树木围合着的寂寥的灯火。筝的声音正是从那儿，乘着冰冷的寒风传到这里的。

“啊……”

不需要我说什么，别姬小姐静静地踩下了刹车。

一阵炸裂般的乐声之后，传来了年轻女性清澈悠长的歌声。

——勒住骏马侧耳听

玉指弹出想夫恋

她反复吟唱着最后一句歌词：

——玉指弹出想夫恋

玻璃天

1

菜单的白色封面上，用纤细的线条画着几枝花。宛如铁丝工艺品似的枝叶，简洁抽象，颇具现代风格。

翻开菜单，上面罗列着一大串菜谱名：咖喱饭、面拖龙虾配冰镇蛋黄酱、炸鸡排等等。要是在平常，肯定会犹豫不决的，不过今天从家里出来时就已经想好要点哪道菜了。

雅吉哥哥轻车熟路地说道：

“脆皮肉饼！”

年轻的侍者穿着一身有七颗纽扣的白色立领制服，他用清澈爽朗的声音答道：

“遵命。”

“再来份鸡肉炒饭。汤要清汤。嗯，色拉要……”

侍者离开后，我小声问哥哥道：

“不说面拖炸肉饼吗？”

今天之所以来到这银座的出云町，也是源于面拖炸肉饼的话题。

我们家的饭菜，是厨师前岛做的。昨天吃的是炸肉排。雅吉哥哥平时总是不知在哪儿瞎逛，回家总是很晚，不过昨天倒是没有外出，说是要在家写什么东西。所以，昨天星期六我们全家人总算凑在一起围着一张桌子吃饭了。

肉排的味道很好。闲聊中，我说了句：“有时候突然会很想吃那种再平常不过的面拖炸肉饼呢。”于是，雅吉哥哥接嘴道：“也有不平常的面拖炸肉饼哦。”

“是怎么样的？”

“资生堂茶餐厅的面拖炸肉饼啊。”

“会有什么不一样呢？会走路不成？”

哥哥鼻子里哼唧道：

“——还是老样子，爱装傻。”

“这叫具有独创性。”

“保留异议。”

哥哥用一句最近流行的话这样答道，“这东西的形状和味道都不同寻常呢”，哥哥这样一说还真能勾起我的好奇。就连妈妈也歪着脑袋，看了看周围说：

“那东西，——真的挺好吃的。”

妈妈是确认过厨师前岛不在旁边才说的。如此这般，我妈妈是一个连佣人的感受都能仔细照顾到的人。先不说这些，妈妈看上去是早已和其他夫人们一起去品尝过了。

连爸爸也“嗯”地点点头。

“一定是有秘方的，那东西。”

我的感觉就好像是一个被家庭成员们抛弃了的可怜女儿。这才知道，“那东西”居然是银座最有名的东西之一。然而，再怎么说也是面拖炸肉饼呀。又不是什么让人瞠目结舌的高档货。就如同歌里唱的“今天也吃面拖炸肉饼，明天也吃面拖炸肉饼”一样。就是一种哪儿都能吃到的菜品的代表而已。所以，大概谁也不会觉得“唯独这家的小女儿没有品尝过，她可真可怜”。于是，比我大几岁的哥哥高高地举起手说：“明天中午，我带你去资生堂茶餐厅尝尝吧。”这，就是我们今天来到这里的极为自然的事情原委。

——反正，在这事情的经过里，我也起了重要的作用。

2

资生堂茶餐厅虽说在银座，但距离新桥更近些，坐落在川崎第百银行银座分行的对面。

这座川崎银行大楼也是改建过，虽然已经不同于以往的样子了，但它也有过昂首挺胸、傲立群雄的时代。再怎么说，大地震到来的时候，它都纹丝不动。在砖瓦房屋连绵倒塌的大片民宅中，让人真正感受到了钢筋混凝土的坚固。

这样一想，觉得建筑家真是一个不简单的职业。即便外观再漂亮，里面都是要住人的。如果动不动就出现裂缝，或是倒塌了，那就一钱不值了。他们和那些只能列举一些无法证明的推理的学者不同，他们的作品面临着天崩地裂的考验。

但是另一方面，他们把自己脑海里的图像变为现实，在现实的土地上建造成型。就好像是把梦想变为现实一样吧。一定能感觉到快乐。可能这种快乐是任何事物都替代不了的。

言归正传，资生堂茶餐厅是大地震后重新修建起来的现代派的两层建筑。有左右两个如同双胞胎般的入口。随便从哪边进入都可以。我以前也跟着别人来过这里。在我孩童时代的印象里，这里是卖冰激凌和苏打水的商店。

中央部分是宽大的天井。二层的两边设有外挑出来似阳台的座位，可以看得见下面的大厅。我喜欢高的地方，所以我们上了楼，坐在了楼上的外挑座位。

于是，雅吉哥哥说：

“嗯。这里不叫面拖炸肉饼。”

我重新又看了看菜单：

“……脆皮肉饼。”

“是的是的。”

“这名字，有点装腔作势吧。”

“不如说是自负吧。”

上过色拉、汤之后，盼望着的面拖炸肉饼来了。原来是这个啊，一眼看去就知道和一般的面拖炸肉饼不同。白色的盘子里像地毯般地铺着一层番茄酱，在那上面放着两个圆锥形的面拖炸肉饼。油炸过后的金黄色显得更加浓重，上面点缀着荷兰芹的叶子。这深绿色的点缀将整盆食物的颜色聚焦于一点。真是好看。

餐刀切进去，外层的面衣脆脆地裂开，露出里面白色的馅儿。又一块放入嘴里，那是一种多么令人心旷神怡的淡雅的美味。

“真好吃。”

“我说得没错吧？”

“——不——同——寻常。”

我用昨天哥哥的流行语气回答，之后就只管用嘴来吃了。哥哥也一边用叉子把肉饼往嘴里送，一边说：

“好像经济形势渐渐好转起来了。就这样，安安稳稳的日子能继续就好了。”

临近二月了。已过了小寒和大寒。就是说，寒冷的日子应该已经过去了。但耳垂犹如被千刀划裂般寒冷的日子还是很多。即便听到只有长期持续的经济不景气“迎来了春风”，也会觉得高兴。

“经济界，还不错吗？”

“是啊。那些家伙，摇旗呐喊着要拉动经济呢。”

哥哥像没事人一般，斜着眼睛示意着对面阳台上的坐席。

“啊？”

如果天井是一条河，那就是指河的对面，有两个男人在用午餐。高高的白墙上面，有如同桥栏杆般的扶手。那后面，有盖着白色桌布的餐桌。从对面看往这边也是一样的景致，仿佛映在巨大的镜子里面一样。

两个人都身着洋装。好像配好了一样，一白一黑，有如西洋象棋中对战的双方战士穿的衣服一般。

穿白色衣服的，穿着方式让人感觉有些走样。虽然我是从远处看去的，但看上去那不是单纯白色的衣服，是一种这里那里镶嵌着装饰物的奇怪的衣服。满头乱蓬蓬的长长的头发。只是，不像流浪汉的长头发，而像艺术家的那种长头发。总让人这样感觉。并不仅仅因为这里是银座，又在资生堂茶餐厅里。他的眼睛大而有神，颧骨高高的。似乎野性和纤细兼而有之，那是让人一见难忘的脸。

穿黑色衣服的人，整齐地穿着三件套的西服，没有半点不合身。穿着白色衣服的人有些躬背，而这个人则完全挺直，总让人感觉有点像憋着气一样。他从椅子上站起来，是个高个子。眉毛浓黑而笔直。两个人的年龄在三十岁前后的样子。

“那两个人吗？”

“是啊，穿黑色衣服的是末黑野贵明。”

“——末黑野？”

“末路的‘末’，加上黑色的原野。”

与众不同的名字。连名字里都有“黑”字，还真搭配呢。

“他是干什么的？”

哥哥说了一个在日本颇为有名的财阀的名字：

“——他是那儿的大当家的儿子。一般来说父母是大人物的话，第二代就要吃些苦头了。然而，听说那家伙从学生时代开始就已经是超过他父亲的能人了。”

雅吉哥哥也不是普通的研究生。再怎么说也是我爸爸——花村商事社长的继承人，当然能得到相应的信息了。

“他会继承父业吗？”

“他父亲还活着所以不能这样说，但是，好像那家伙已经掌控着相当大的权力。——他有无数可以施展的机会。现在是钢铁和水泥赚大钱的时候。”

“为什么？”

“那还用说吗？——是因为战争啊。在财经界，向老天祈祷着战线进一步扩大的家伙比比皆是啊。”

好不容易盼来的美食，仿佛变了味。

“——但是，要死人的呀。——不管是自己人还是敌人。”

“稳坐在安乐椅上的那些位居高位的‘大人’们才不会考虑这些呢。即便不至于如此，现在，大声说‘你不要死啊’，都会招惹麻烦。”

有关于谢野晶子的这首诗，在很久以前，在我还很小的时候，从哥哥那里听说过。我当时觉得“不要弟弟去死”的这种愿望应该是很自然的。所以，当时哥哥仿佛揭开了一个大秘密似的，用奇怪的高昂的语调朗诵那诗句，我觉得很不自然。

当不再是一个孩子的时候，我才发现原来那并非“常识”。再者，用具有理解能力的眼光去审视一下的话，原来那首诗里充满了令人震撼的激烈言辞。

“就因为那诗句，晶子被指责为国贼呀狂人呀什么的。她肯定知道自身有危险。但即便如此，她还是吐露了真情，了不起的人物啊。”

即便那样认为，大多数人为了安稳地生活就不说那些过激的话。哥哥忽地一下皱紧了眉头：

“……以前，我也是这样想的呀。”

“啊？”

“但是啊，立场不同，想法也会随之改变的。战争已成为了现实。这些天，我看见车站上送别参军士兵的场景，都觉得背上发冷。”

如果是这样，就更应该对晶子产生共鸣了——一定是我的脸上写着这样的疑问吧，哥哥小声地说道：

“如果我自己也有这样的姐姐的话会怎样呢？正在当兵的时候，姐姐却写出了这样的诗句——”

我一下子明白了。

“啊……”

“每天不知要遭受多少痛苦，就好像被放在炒锅上翻炒，却没有可以逃跑的地方。如果是我的话，一定会流着血泪怨恨姐姐的。我会对她说：‘你以为你只要说出自己的想法就行了吗？你就不想想我的处境吗？’——到头来，除了自愿参加敢死队壮烈牺牲之外，没有别的路可走。”

我完全没想到。原来如此，对于弟弟来说，对于家庭成员来说，实在是“可怕的姐姐”。

确实，如果是我的话，即便对自己的哥哥写出这样的诗句，大概也只是封存在抽屉里而已。如果我觉得哥哥的命运更重要，那就不可能将它发表了。

把这种行为称为卑鄙是简单的。“有思想就是要用生命来实践。”不是有很多男人骄傲地扬起眉毛这么说吗？不仅是自己的生命，不管是谁的生命，在那种思想面前，都变得轻如鸿毛了。

如果尝试把这首诗一般化，那么这首诗就不是在说“某一个弟弟”了。这是一首为日本和全世界的“无数个弟弟”所作的诗。正因为如此，才不得不发表。反过来说，即便这首诗会杀死弟弟，也不得不疾呼“弟弟啊，不要死”。这才是——带着主义和主张的行为吧。这样，从完全相反的角度来看待这首诗的话，它其实就是一种“大义灭亲”的行为。

我希望这是一个人们能够直率地表达极为自然的想法的世界。但是，如果这是一个自由的表达却让我们所爱的人陷入痛苦的世界的话，那该怎么办呢？

一旦思考起这些问题来，我感到自己仿佛踏入了深深的泥潭之中一般。

3

这时，一个还像少年一样年轻的侍者，端着盛有银器的银盘走了过来。打开盖子，里面是鸡肉炒饭。侍者把银器中的鸡肉炒饭，给我们分在白色的碟子里。

哥哥快速地看了一眼末黑野先生，然后立即将眼神转向我：

“另外，还有一个近来不常见到的家伙。——我们在轻井泽见到过的。瓜生家的第二代。”话题窜向了意想不到的方向。我吃了一惊：

“……是豹太先生？”

岂止只是见到过。前年的夏天，在轻井泽，我不期而遇了一个大事件，中心人物就是豹太。他是目前最主要的新兴财阀，瓜生寅之助的亲生儿子——虽然听上去不错，但是，作为一个人，却是一点也不怎么样。

“是啊是啊。瓜生那帮家伙，也就是靠着领头羊牙寅的势力才支撑着的。”

牙寅当然不是本名，是寅之助的外号。如同大树突然倒塌了一般，去年夏天，寅之助突然去世了。豹太作为丧主，举办了不同寻常的隆重葬礼，一时成为大家谈论的话题。

也确实是打那以后，每当报纸上出现瓜生本家或下属公司的名字时，接下来的报道尽是些丑闻。贿赂、工程偷工减料等等，还把家族人员的桃色新闻写得很是搞笑。

“上一代的势力太大了啊。”

“瓜生家像巨龙般腾飞的时候的那些低下头唯唯诺诺的家伙们，此时有如雪崩来袭一般纷纷说起了他们的坏话。‘当个地方上的财阀还差不多，却毫无自知之明地四处扩张’等等。因为谁也不会给跑输的马下注嘛。”

每次当我读到这样的报道的时候，总觉得心悄悄的疼。因为我会想起学校里的朋友——这样说恐怕有些太随便了——大名华族中的名门，桐原侯爵家的次女道子小姐。道子小姐与豹太先生是有婚约的。

属于瓜生家地盘的那些土地，在桐原家代代相传的旧藩地的旁边。但是，并非只是这些缘分。

道子小姐的父亲大人是陆军少将。他会理所当然地一步一步地被提升为大将。人们都说——这桩婚事是少将大人和正在向军需产业伸手的瓜生家的掌门人寅之助相互连接的婚姻。

才一年前，他们就正式订婚了，瓜生家只不过是在等待着道子小姐毕业的那天。

对于女人来说，不升学至高等科，十七岁就结婚是很普遍的道路。

“道子小姐会怎样呢？”我担心地说。

“桐原家的小姐吗？”哥哥问。

“是啊。”

“当然是解除婚约吧。”

“会吗？”

即便在学校碰到她，道子小姐总是把她那看上去没睡醒的眼睛里堆满笑意而已，这样的事情是绝对不会提起的。其实原本这就不是什么年轻女孩能特地宣传一番的事情。

“当然啦。日复一日，瓜生的第二代的愚蠢程度逐渐暴露出来了。因为牙寅太过于伟大了，这样的一个领头羊没有了啊。所有人，都变成了低着头说‘有些勉强啊，话虽这么说，但是……’的人了。——而豹太氏则对自己的力量不能正确估计。来自威严父亲的压力消失之后的高兴，使他蠢蠢欲动。他误认为自己也是老虎了。于是，凡是他想到的这样那样的生意都做了，但是无一例外都失败了。除此之外，更糟的是连他自己的几段艳遇也被流传了出来。——这样的话，少将殿下当然会震怒的。他当然这样想，‘这样的家伙，我怎么能把我的小女儿给他呢？’”

虽然，众所周知，恋爱是和自己喜欢的人在一起的，但结婚就不同了——这对于上流社会的小姐们来说是极为“理所当然”的事。在与她们结婚的男性中，有的甚至已经有孩子了。所以仅仅因为有些艳遇，尚且不足以成为解除婚约的理由。而这次解除了婚约就意味着，桐原少将已经不认为瓜生财团能有什么作为了。

这样说虽然不太好，但我觉得事实就是，由于瓜生家族上一代的去世，应该日后才会品尝到的苦难仿佛提前到来了。

——对道子小姐来说，那样不是更好吗？

我不禁这样想道。

哥哥一边把鸡肉饭往嘴里放，一边说：

“这事可不能大声说，——其实那个末野黑正在组织发起整垮豹太的活动呢——我听说的。在利润这个猎物面前，瓜分的人当然是越少越好的。”

“啊？”

“一般情况下不可能爆出来的一些事情，咕噜咕噜地往外蹦，都被写在了报纸上。难道不是瓜生集团的内部出了内奸吗？——而在幕后下棋局的人，是谁呢？”

“……末野黑先生吗？”

“反正，不管是谁，都会藏好马脚的吧。所以全部都是人们的揣测而已。——无论如何，末野黑是一个‘为达到目的不择手段的不知会做出什么’的家伙，这一点肯定不会有假。精明能干吧？”

哥哥舒了口气，继续说道：

“——确实，在那些精明能干的家伙看来，无能的人实在让人看着着急，简直无法忍受吧。”

脆皮肉饼和鸡肉炒饭的味道都非常好，而我们的谈话却似乎与之不相匹配。

吃完饭，哥哥站起身来，伸手向挂帽钩去取自己的礼帽。这一瞬间，像是在河对岸的座位上的末野黑氏，呼地向我们这边看过来。仿佛早已在等待着哥哥的注意力转向他的帽子一般。

末野黑氏抓住这一瞬间，仿佛在说：

“——啊，小姐你好。”

他对着我笑了一笑。那是一张稍有些长的，很适合于傲慢的表情的整洁的脸。在那张脸的一边，浮现出了一个带着一半讽刺一半和善的笑容。

我好像是被人告知上当受骗了一般，一愣神。当然，就算耳朵再好，相隔这样的距离是无法听见对面的声音的。

他大概总是对着年轻的女孩子做出这样的表情的吧。他看到别人吃了一惊，大概觉得挺好玩的吧。

“怎么了？走吧。”

“噢……好的。”

我慌了神似的，站了起来。

4

进入了二月。

在我们家，有时也会开晚餐会。和我们相识的那些家族之间，你招待我，我招待你地互相请来请去。另外，我们家还经常邀请客人来参加。有时会邀请政界和财界的人士前来，而且并不仅限于日本人。英美法国的大使，都来过我们家。

原本爸爸就是亲英国派的。因为他曾经在那里工作过，有点入乡随俗的味道。但其实，他好像本质上就是很喜欢那些“英国流”的东西。

而这个月，在我们家的晚餐会的主客里，有末黑野贵明的名字。

我一听吓了一跳。

末黑野氏年纪轻轻就成了仿佛手握经济界钥匙的重要人物。既然如此，什么时候成为我们家的座上宾也不足为奇。只不过，我在资生堂茶餐厅刚刚经历过那样的偶遇，稍微有点尴尬。

——原本，既然是一个为达到目的而不择手段的人（虽然这样说，但其实我并没有会过这位不择手段先生），他对那个他曾经面露笑容的女孩，大概早已忘记了吧。

大概，已经结婚了。有关这一点，那确实羞于启齿，无法向爸爸证实。如果知道他是独身，我也许会想：“难道，是相亲？”哎呀，连我自己也是，少女的心无法捉摸。

我和末黑野先生再见面，还算是很自然、很合情合理的。但其实，当我听到他要来我家做客时备感吃惊的原因并不在这儿。——是因为我与另外一个男人，又见面了。就是在资生堂茶餐厅二楼见到过的，穿白色衣服，满头乱蓬蓬的长头发的那个男人。也就是说，令我吃惊的是一次又一次的再见面和偶然的重叠。

若把人的活动范围局限在“经常去的地方”，即便是帝都这样的大城市，也许也会变得狭小。这事情就发生在前些天，在我和妈妈去日本桥的三越百货商店的时候。

5

直到我们逛到绘画展览厅、和服带子柜台周围的时候，我还和妈妈在一起。但是走到和服那儿，妈妈总是要花很多时间。我甚至觉得她要看无限长的时间呢，所以总是很无聊。可是这里是天下有名的三越百货，别处还有数不清有趣的地方。

我决定把妈妈和随从留下，在店里四处看看散散步。平时我是不会一个人散步什么的。但在这种地方是不会走错的。所以我和妈妈约定了会合的地点和时间，在店里逛了起来。

店里很拥挤。“唉呀，那个老奶奶在自动扶梯前不敢走出第一步呢。噢噢，那店员在帮助她呢。哎呀，好像没问题了。嗯嗯，礼品装的盒饭看上去很好吃呢。那么，接下去到七楼的书籍柜台去看看吧。”——等等，正当我享受着除了溜银以外还有溜三越的乐趣的时候，遇见了一个用手抚摸着粗粗的柱子笑眯眯地抬头看向天井的男人。

不是女人却留着长发。比什么都奇怪的是他的举动。我觉得他周围的空气有些异样，发现人们都避开他的身边远远地走过。我，当然也是，带着浑然不知的表情正想绕道过去。然而，走近的时候忽然发现了什么。

在他那突出的面颊骨上，有着一双仿佛能发出强光的骨碌碌的眼睛。就是那个男人。今天他戴着礼帽，穿着两排纽扣的茶色西服。因为那茶色比较明亮所以很醒目。

我稍稍离得远一些，若无其事地看着他的样子，过了一会儿，那个眼睛骨碌碌的先生仿佛厌倦了抚摸柱子。他离开那里向电梯走去。

我跟着他进了同一部电梯的轿厢，那男人毫不犹豫地走进了六楼的三越大厅。

我曾经在几年前跟着父亲来过这里。因为当时父亲有清元会的富余的门票。这里的聚会并不只是叙旧的聚会。而且聚会晚上才开始，在百货商店的营业都已经结束的时间段。平时热闹非凡的百货商店像空空如也的洞窟一般。我记得那时在陈列的商品上都盖上了白布。最后，的确有一个叫——延寿太夫的当代名人出场，那是一个特别的聚会。

有关那里的票价，不管什么样的演员出场演出，只要当天延寿出场——票价就会上涨一日元，但就算涨价，观众们也会蜂拥而至。

当时爸爸这样对我说：

“你还小，不管你明不明白都不要紧。但你应该知道，有些名人是会让你觉得仅仅是‘能和他呼吸着同一个时代的空气’都令人感到难能可贵的。延寿太夫就是这样的名人。”

我当时确实没听明白。但是，当我跟着人流来到这个会场，那圆润而富有质感的声音却一直留在了我的耳朵的某个地方。仿佛被温润舒适的温水洗过一般。我听着听着，变得迷迷糊糊的。结束的时候，我没有一下站起来，而是伸直了头颈。我仿佛看到了舞台那儿飘浮着紫色的云朵。

头顶上好像是格子天花板。格子外框里面，并非是凤凰或龙的图案，取而代之的是近代风味的彩色玻璃图案。那儿很明亮。当时是夜晚，所以光线不是来自室外。但是，看着蜂蜜色和海蓝色分割的彩色玻璃的反光，让人不禁觉得那彩色玻璃后面还有一重天空。

——这些记忆仿佛复苏了。

要说今天有些什么活动，是长歌会。大概是因为我两次都看见他穿着洋装，我觉得那个眼睛骨碌碌先生和长歌并不搭调。但是，就算我这样认为，事实上他已经走了进去，我也没办法。就好像我一边说“它又不是鱼类”，鲸鱼一边跳入海中游走了一样。不，鲸鱼那东西原本就是住在海里的。

不管怎样，我没有入场票。而且还和妈妈约好了等候的时间，所以我是不能进去的。于是我还是按照最初的想法，走进了书籍卖场。东京的大型书店里，很多都拥有充实的进口书柜台，而这里作为“百货商店的一部分”一点儿也不逊色。横向印刷的文字排得齐刷刷的，远远望去都会让人觉得享受。

即便是哪儿都没有卖的书籍，从欧洲预定后两个月、从美国预定后一个月就能送到，实在了不起。现代社会，世界上的国家之间都拉近了距离。如果让江户时代的荷兰学家听见了的话，他一定会睁大了眼睛，羡慕有加的。

从那儿出来后，还有些时间。看到正在举办“大东京女学生制作的偶人展”，于是这儿便成了我消磨时间的好去处。好像《爱丽丝漫游仙境》里一样，正巧去那里——打发时间。

然而，我一进入会场就不禁愕然了。那个男人——又在那儿。就是那个眼睛骨碌碌先生。

一瞬间，我的头脑被“无论谁都会出现在这儿”的这种奇怪的想法占据了。当然，不可能这样的。也就是说，出席长歌会的那个眼睛骨碌碌先生，只是稍微露了一下脸，就告辞来到了这儿。但是奇怪的不光只有这些。

那位眼睛骨碌碌先生晃动着他那满头乱蓬蓬的长头发，心情很好似的观看着偶人。说得夸张些的话，他迈着边走边跳般的独特的脚步。如果是看见了好吃的东西而面露喜色的话，尚且能够理解。然而，他的表情不一会儿就变了样。蹙着眉，嘴唇也变成了下弯线，犹如小孩子要哭出来的表情。他的这两种表情，在一段时间的间隔后轮番变化着。

他的表情或明或暗，其中的一种高兴的表情我还能理解。他看着“女学生”制作的“偶人”，看着会让人自然而然地觉得很祥和。因此他的嘴角也渐露笑意。然而，从高兴的表情，为什么会转变为悲哀的表情了呢。

整个会场中，他一个人，就像猴子跳进了兔子群一样特别醒目。不少人对他露出了不可思议的表情，看来，他并不是一个受欢迎的参观者。

这个奇怪的人，接下去会去哪里，做些什么呢？勾起了我不少的好奇心，但是——可惜，已经到了与妈妈会和的时间了。

6

——由于这些原因，末黑野氏的来访，对我来说是一个令人高兴的消息。

假设我在晚上眺望庭院。如果那儿，在月光下，我看见驯鹿穿着长袍，和着《越后狮子》的旋律跳舞的话，我一定会想“那究竟是什么”。头脑中还残留着不明白答案的问题的话，就如同自己的思想无法表达出来，闷在肚子里一样。

爸爸一定是想听听他对于目前财经界的现状的想法，想暗自衡量一下这位传说中的年轻人的能力吧。而我，想知道的就只有一个问题。

——那位“眼睛骨碌碌先生”，究竟是什么人！

就是这个问题。

晚餐会，理所当然是厨师前岛展露高超厨艺的场合。这一季的食材，被他调理得美味而美丽。

在招待美国大使的晚餐会上，听说有的家庭还摆出了从美国大陆订购来的巨型猪。听说在一个人都抱不过来的大盘子里，盛着那只大猪头，所以我也说不清那究竟是豪爽还是恐怖。——不管怎样，像我这般胆小的人，夜晚，像是要做被猪八戒猛追的噩梦了。其实，不那么讲究不是也挺好。只是普通的全套正餐，也就足够了。

在这一天，与客人们一起，围坐在大餐厅的大大的黑色餐桌前。那是一张可以坐十六个人的餐桌，所以平时总是很空。餐具则摆放着印有我们家家徽的英国明顿瓷器或是意大利基诺里的晚餐套餐具。

那天，末黑野氏和另一位大约四十多岁的财经界的先生一起来了。

在互相介绍的时候，末黑野氏稍稍压低了一下下巴，对我微笑起来。我脱口而出：“……前些天，我在资生堂茶餐厅见过您的。”

我一下子，说了出来。

作为小姐，我早已习惯了交谈时对方的提醒“您还记得吗”。如果对方说“难道……”，则会让我颇为尴尬。末黑野先生在餐桌的对面向我微微点头。

这位财经界的宠儿，确实，很善于说话。他能使整个晚餐会变得愉快。他一边熟练地使用着刀和叉，一边能看准时机，披露一件有趣的事情。

“最近，我看了一下报纸上的演艺娱乐栏目，居然看到了这样的消息。”

啊，什么，什么——大家不都会这么想吗？

“——琼·克劳馥在纽约被粉丝们围住了，于是演变成了历来的签名战。”

噢。

“正当她全力以赴签名的时候，有一个人塞进来一张奇怪的纸。她正要签上自己的名字，但仔细一看——那居然是一张借条。”

所有人都爆发出大笑。但是，仔细一想，这真是可怕的事情。

哥哥说：

“纽约真是一个雁过拔毛，让人丝毫不能放松警惕的地方啊。”

末黑野先生点点头：

“是的。城市也是——乡村也是，总而言之这世间都是雁过拔毛的地方。”

7

饭后茶余，通常是享受余兴之时。欣赏室内乐，或是琐碎的闲聊，或是观看手工表演等。

但是，今天是以男性为主，像是要聊一聊有关国内外的经济形势等。对于雅吉哥哥来说，具有学习的意义。

而我，则可以不必出席这样的场合了。说得明白些，就是“下去吧”的意思。——看来，这次确实不是相亲。

如若如此，有关那个“眼睛骨碌碌先生”的事情，只能趁喝茶的工夫打听清楚。

今天，大概是因为客人们的喜好，饭后饮料变成了咖啡。所用的是德国梅森的咖啡杯具组合。图案是柿右卫门的画像。无论是咖啡碟和杯子都是白色的底瓷，上面用红色或黄绿色、黄色或蓝色，描绘着草木和灵鸟灵兽。

从日本人的角度看，觉得那是以“鹤”或“麒麟”为样本而作。但是，总觉得怪怪的。就如同近邻之间的互相传话一般，不知不觉地，一点一点地与原话不同了。所以，从日本传到了德国之后，就变成了西洋风味的动物。就是说，杯子上描绘的是已经入乡随俗了的“鹤”或“麒麟”。那脸型那体态都与我们所熟悉的这些动物有所不同。从这些不同之处能让人感觉到幼稚而笨拙，而且有种幽默的感觉。

这当然是梅森的陶瓷艺人完全不可能想到的，这是自然的效果。正是因为把它拿在手中的是我们日本人，所以才能发现图案有所不同。同样一件瓷器，那边的人一定把它当作奇妙的异国风味来欣赏的吧。

到了现代，柿右卫门的复制画像上被歪曲的地方反而让人觉得有趣了，于是在日本也制作这种同样的图案。也就是，演变成了“柿右卫门画像的复制的复制品”。真够复杂的。日本的创意工匠前往德国，把这些瓷器又带回它的家乡，而这一点也是很具日本风格。

言归正传，在咖啡飘香的时候，我正对着末黑野先生，仿佛是要与他说最后一句话的样子，加上了一句。

“世上还真有偶然的事。我在前几天，在日本桥的三越百货商店，遇上了一个人。”

“——是吗？”

“就是在资生堂茶餐厅，与末黑野先生谈话的那位先生。那个……穿着白色的西服，……脸部很具有特征的先生。眼睛大大的……”

末黑野先生放下了咖啡杯，好像马上就明白了。

“——他在做什么？”

“那个，……他当时抚摸着柱子，抬头看看天花板呀什么的。”

一说出口来，还真是荒谬。然而末黑野先生的脸上却悄悄地浮上了一种完全理解的笑容。

“——然后呢？”他问。

“啊……”

我把自己看见的事情原原本本地说了出来。大概是我没看仔细，一直表现得相当有趣的末黑野先生的表情，在我说到“偶人展”的故事的地方，稍稍阴沉了一下。

然而，即便这丝毫的阴沉，在他开口说话的时候就已经被擦拭得干干净净了。

“是吗。如您所说，世上确有让人感到偶然的事。——那个男人，名叫千原。”

“——千原吗？”

“叫千原刚造。是我自小时候就结交的朋友。小时候我们是肝胆相照的伙伴——长大之后，才明白肝胆相照是因为我们都是小孩。但是——”

说到这里，他停顿了一下，啜了一口咖啡，继续说下去。

“正因为如此，我和那家伙，直到今天，还保持着一种特殊的交往。”

“不知我能否问问，那是怎样的一位先生？”

“——英子。”爸爸带着责备的口吻制止我。在这种场合的谈话，一般来说是不应该谈论个人的事情的。这是基本的礼貌。

“不不，没关系的。确实会让人觉得不可思议。”

末黑野先生摇着头说：

“——千原是一个建筑家。我家的设计也是交给他的。”

“啊……”

原来如此，怪不得他会看着柱子呀屋顶呀什么的。说不定在他心里正暗自想着“天下的三越百货，对比在我脑海中设计的建筑物来说，也没什么了不起的”等等，说不定他在暗自冷笑呢。

“他喜欢彩色玻璃。当他在法国留学的时候，还去看了法国的一个什么教堂。听说他在那儿被那特别的光线深深触动了。然后，就迷上了。——唉，能迷上这种东西，也确实不寻常。”

我点点头。在帝都的西洋风味的建筑里经常使用彩色玻璃。

两三年前，在帝国学士院旁边建造起来的是东京科学博物馆。这些建筑，我们也去参观过。抬头仰望，能看见美丽的图画熠熠生辉。即将完工的大型建筑，号称东洋第一的新国会议事堂，听说也这儿那儿地使用了彩色玻璃。当然，私人府邸也有，我们家里的虽然不是那么艳丽的图案，但引入光线的玻璃也使用了彩色玻璃。

末黑野先生继续说。

“——因为他很喜欢，所以千原这家伙，从庆应的图书馆到大浦的天主教堂，确实四处看了很多。但是，前些天我遇见他时，听说他还没看过三越百货顶层大厅里的彩色玻璃。这样一来，如果不是观众的话，那儿是进不去的。”

“啊……”

我明白了。

“于是，我想法儿弄到了长歌会的入场券。什么，那家伙对研精会、《小锻冶》、《吉原雀》都没什么兴趣吗？完全是个令人头痛的客人。大概他进去之后，就对着天花板抬起头，仰视四、五分钟。——然后就出来了吧。”末黑野先生继续说。

研精会是有名的长歌会。作为社交场所相当有名，上流阶层的人士经常光顾。《小锻冶》或是《吉原雀》，当然，是长歌的名曲。

这一下我完全明白了，但是，等一下。即便如此，“偶人展”上的事情还是不明白。然而，末黑野先生的说明到此为止了。如果他不想说，我再追问下去，就不是淑女应该做的了。

“——那家伙的设计还是很有趣的啊。他说他是在‘谋求着东洋和西洋的融合’。原本，他认可桂离宫，喜欢日光的东照宫，所以他对于托德先生来说是可以被忽略的。”

去年，德国著名的建筑家布鲁诺 · 托德先生来到了日本。他说桂离宫是“美得让人想哭”，让皇室备感激动。然而他又反过来一刀，否定了东照宫，这就更令皇室感慨。而大名华族的人好像不太高兴。

“——无论好坏或是什么，连最近流行的风潮他也是全然不在乎呢，不管怎样，只要是自己喜欢的东西，完全不顾一切地去做。我嘛，就喜欢他这种奔放的地方。” 末黑野先生继续说道。

“那个……那位先生设计了以后，末野先生您的宅子，已经完工了吧？”我问。

我很好奇，从那个奇妙的人物的头脑中会诞生出怎样的现实之物呢？

“是的。去年年底基本完工了。然后内部装修和最后的修整完成后，正好是在前几天，我们举办了展示派对，哎呀哎呀——”末黑野先生惊叹。

“——怎么了？”

末野先生露出了略带淘气的表情：

“哎呀，百闻不如一见。我和千原有缘，说不定是在什么指引之下。怎么样？我们家的展示会分成几次举办。下一次，光临寒舍亲眼看看怎么样？”

8

邀请、被邀请都是很普通的事。然而，从学校的朋友之外的人发来的，邀请我这样一个人的事情还真令我意外。

这个名叫千原的奇妙的人，会建造怎样“奔放的”建筑物呢。我很有兴趣。因为我已经得到了爸爸的允许，下一个周末，我将前往末黑野先生的宅邸。

东京的二月真冷。正好这些天，西北大陆的一个巨大的冷空气团正在逼近。星期天下午，我裹紧了搭配和服的外套和披肩，和佣人阿芳一起，前往末黑野宅邸。

带有还礼的意思，我被邀请用晚餐，因为我还要参观他家的宅邸，所以准备下午三点左右到达那里。

别姬小姐已经牢记了地址。

“在池袋方向的近郊吧。我记得，那儿好像是一眼望去什么都没有的挺荒凉的地方。”

她是这样说的。

那儿附近，连可以作为路标的政府机构呀，赏花景点呀什么的都没有。总而言之，好像很难向别人说清楚到底在哪儿。由于末黑野先生乘坐私家车上下班，所以才能住在这种地方。

末黑野先生所从事的工作是与现代社会的匆忙的工作状态直接相关的。所以，大概是因为最起码在他回到家的时候能忘记都市的喧嚣和人世间的全部烦心事吧。

别姬小姐驾驶的福特汽车，在经过池袋车站的地方向左转，开过省线电汽火车的道口。就这样驱逐着寒气，渐渐向郊外驶去。

如果有山有海的话，人的心情也会有所改变吧。但是，单调的风景并不允许我换换心情。就只是在灰色的天空下，像是要被沉重的空气压垮了似的灰暗色的荒野和田野无尽地绵延着。

好不容易，看见了末黑野先生的宅邸的大门。从那儿进入以后，我们沿着被两旁横倒树夹在中间的石砌的道路向前行驶了一会儿。走在石砌路面的汽车轮胎不断发出低沉的打鼓似的声音。

我们的汽车，在常绿的——但是如果这样说的话似乎有损于绿色这个词汇，其实是被青苔包裹着的灰暗的树木之间穿行。在我们这样行驶过并不太远的车行道之后，视野一下宽阔了。于是，突然之间——那座建筑物一下跳入眼帘，就好像从那停滞的阴暗树荫之中挣脱出来一样。

"——停一下。"

福特汽车放慢了速度，靠边停在了路肩上。别姬小姐绕道汽车后座，帮我打开了车门。虽然阿芳叮嘱我"外面很冷的啊"，但我说了句"就一会儿"，向前走了几步，抬头看着眼前的建筑物。风在耳边呼啸着。

因为，如果我从汽车里伸长了脖子，透过车窗玻璃向外看的话，一定看不清楚。而且，当汽车一旦驶进了玄关前面的停车道以后，可能就完全看不见建筑物的全景了。

——我有点儿失望。

那建筑让我多少有些会把它想象成一个荒谬绝伦的异型之物——仿佛一只色彩鲜艳的毛毛虫直立在那儿一样，花里胡哨的，而且是一个会令人本能地不愿正视的东西。

但确实，眼前的这个三层建筑物，虽然巨大，倒是个规矩的房子。

最近，我们经常能在彩图杂志上看到由长方体组合而成的建筑物。像这类清清爽爽的东西才是现代风味的具有功能性的住宅吧。

我觉得末黑野先生的宅邸在构造上是简单的。

进深有多少，从这里看则无从知晓。然而，如果把我看去的样子大概地说一下的话，就如同一个大箱子上放了一个中箱子，上面又放了一个小箱子似的三重构造。其实，大中小之间的差别并不太大。

如果说有什么别致的地方，那就是在停车道的旁边，像是有一条往左边上升的斜道，那斜道像一条缠绕着建筑物的带子，螺旋状地把建筑物缠绕着。从我这里看过去，看不清那斜道到底是台阶还是什么。由于整幢建筑很大，那斜道的坡度并不陡峭。

二层比一层小，这是因为，差不多是小了斜坡的宽度那么多。以粘土建造的角柱为一端，每层缩小斜坡的宽度那么多，一直建造上去，这样就一定会达到上层顶端尖尖的效果。整个建筑就是这种形状的。

看上去仿佛像用砖砌的，但是那是一幢现代建筑。一定是钢筋混凝土的。只是在外墙装修时贴上了看上去像砖的瓷砖罢了。

“您上车吧。”

别姬小姐轻声说。我点点头。在我回到车上之前，又一次回头望了望。有一种奇妙的似曾相识的感觉。

黑色的天空里，仿佛将墨汁倒入水中般的浓淡不一。天空中的黑色不断地从那房子的顶部呼呼地流过。

——这是以阴沉的天际为背景的末黑野宅邸。

在帝都的资产家中，拥有三层建筑的私人宅邸并不少见。然而，建在郊外，在周围完全没有可比的建筑的地方，则失去了现实意义。

那建筑的一层看上去有相当高的层高，而且屋顶的中间部位又有凸起的地方，所以整个建筑看上去非常高。

啊……我感叹。别姬小姐轻轻地转了转头：

“您怎么了？”

我说：

“——像巴别塔[1]一样。”

9

至于巴别塔，我既没去过也没爬过。然而，看那斜道的样子，不知为何，我就觉得像了。

我的福特汽车一直向前，驶进了玄关前的车道。当我们停下车，远看建筑物的时候，主人大概就已经知道我们来了。末黑野先生亲自出来迎接。穿着厚厚的外套。其原因，立刻就明白了。

“请您先穿着外套。——在脱外套之前，我们先看看外面的样子。”

我没有让阿芳直接去侍者的房间，而是让她在玄关的大厅门口等着。等着我回来。我身上的衣服是否乱了，若不让她先看过，从她的责任心来说，她是不会退下的。

别姬小姐把汽车驶向停车场。

玄关门厅对面的左侧圆弧的旁边，是刚才看见的斜坡的起点。那斜坡的宽度有三、四个人并排边说话边走的宽度。没有台阶，而是斜坡。

末黑野先生用手示意了那儿。

“如果您愿意的话，我们走这里吧。”

我放慢了一步，跟在他后面一边走一边问。

---

① 《圣经·旧约》里的巴别通天塔。

“这个斜坡是干什么用的呢？是用来搬什么东西吗？”

“不是。我希望是一条，通往天际的上升之路——听说是这样。”

“干原先生，是这样说的吗？”

末黑野先生回过头来点了点头：

“实际上，我们家的周围有景观很好的地方——大概是因为这个吧。当然，紧急的时候，打碎玻璃往下跳的话，这条斜坡是很好的逃生之路。”

“难道没有门可以通往这个斜坡吗？”

“没有。因为不安全，连能够窥视的窗子也没有。”

原来如此，是因为不愿意被人从这斜坡偷窥到谁在房子里面。

斜坡的右边，贴着灰青色的砖瓦样式的瓷砖的墙壁一直延续着。随着我们螺旋状地往上走，越走越高。爬这个坡道，比起高跟的鞋子，穿着草履显然更为轻松。爬坡时和服的下摆摆动很多，多少有些顾虑，但并不太要紧。

右手扶着墙壁，眼前的斜坡一味地延伸。视线向下看，好像一直在同一个地点行走一般，有种奇妙的感觉。

与这人世间告别以后，人们会去哪里？若是日本人，则向着十万亿土走去。在黑暗中，有一条被昏暗的亮光照耀着的平坦的道路，好像要一直从那里向前走。然而，若是西洋流，则向着天际，乘风飞去吧。光是这样想就让我疲惫不堪。当登上云端的时候，腿脚一定已经不听使唤了吧。想一想这样又上天又下地的费劲样子，说不定上天就如同下地狱一样吧。

——等等，在我胡思乱想的时候，我们进入到了螺旋斜坡的二层。向左手下方看下去，能看见我们走过的斜坡。当我们进入三层的时候，就层层叠叠，看上去非常有趣。若是急脾气的人，说不定想要直接在墙壁上挂上扶梯，垂直地爬上来吧。

《枕草子》里写道，“看起来近走起来远的，是京都鞍马寺的那段九十九曲羊肠山道。”就是这种感觉。看起来就在眼前，走起来却很遥远。清少纳言在同一段文章里还说，“不能心意相通的兄弟、亲戚”也是如此。真是个可怕的人。

我们的视线的位置总算高过了树顶。向前看去，是遥远而黑暗的天空。

“天气好的时候，一定很舒服吧。”

“确实如此。晴天的时候，站在这个斜坡上有远离尘世的感觉。——不是有人说，仿佛星空降落下来一样吗，这样的夜晚也很好。现在则仿佛像猎户座被打湿了一般，亮闪闪得很漂亮。”

到了春天，一定能看见远方的田野里起飞的云雀。

10

通往天际的道路，忽地一下通向了宽大的屋顶。

远方，看得见帝都的一大片城市。到了晚上，城市大都会的灯光，一定像是撒在地面上的明珠一样。那边是南面。这会儿太阳应该在西面，但是厚厚的云层把它隐藏了起来。

“我想请您看一看。”

末黑野先生说。

“这儿的景色——不是吗？”

屋顶仿佛是天空的广场。有如站立在半球的中心部分，视野非常有趣。只是一个人来的时候，孤零零的，定会感到很孤单。站在这儿，不能说没有独特的魅力。

然而，这就让人马上想到"什么都没有的魅力"。脚下是毫无生气的混凝土的地面，一直延伸着，除此之外就看不见任何能让眼睛欣赏的东西了。

"这边请。"

末黑野先生向我示意了中间的一个像是机械室的地方。那儿也是被周围的螺旋状斜坡的部分包围着的。让人觉得有从大屋顶再向上爬上小屋顶的感觉。

实际上，那里有三分之二的地方，放置了机械呀水箱呀什么的。顶上是平的。

然而，大概三帖大小的部分有所不同。我发出了"啊……"的惊叹。美丽的图画，出现在我的脚下。不——正确地说，在坚固的黑色外框里面，镶嵌着美丽的画。

画面是用彩色玻璃制作的。现在快到四点了，又是冬季的傍晚。而且是阴天。白天的细细的光线，有如油灯中的油就要耗尽了一般，快要消失了。与其利用看不清楚的自然阳光，不如说，室内的亮堂堂的照明，使得脚下的画面仿佛浮起来了一样。

——是光的油画。

"这就是彩色玻璃啊。"

"是的。"

画面上，有几只鸟儿在飞翔。是排成队列的大雁。大概，细画的是领队的几只大雁吧。这之后，旅行中雁群延续着。

我指着玻璃鸟儿飞去的方向问：

“那边，——是南面吗？”

末黑野先生点点头。

如果是朝着南面飞的话，那一定是从北方飞来的秋天的大雁。

呼呼的风声响起。在没有遮挡的屋顶，更让人感到寒冷。如同有人用冰冷的手指穿过我那暖融融的披肩一直伸进我的脖颈一般。

末黑野先生用目光示意我透过脚下的彩色玻璃，一直往下看。他说道：

“这下面一直到底都是挑空的，是建筑物中央位置的中庭。”

听他这样说，我就明白了那大雁图案的意图了。因为，这些彩色玻璃正是想象中的天空。

“这样一来，抬头仰望时，就能看见远方的天空里大雁飞过的景象吧？”

“是的。”

确实很漂亮。那个“眼睛骨碌碌先生”原来想着这样的事情啊。我有点儿意外。

随着时间的流逝，周围更加昏暗了。对于彩色玻璃来说，照明效果是必不可缺的。原来如此，像今天这样的黄昏时分，在室内照明的照耀之下看去，也许效果更为美丽。而且，彩色玻璃的下面有很高的距离。从下面往上看的话，不太能看清楚细微的部位吧。

去年年末的时候，雅吉哥哥的桌上曾经放着一幅智力拼图。完成之后，是一张玛琳·黛德丽的画像。其实彩色玻璃这东西，也像是一幅一片片不厌其烦地拼凑起来的巨大的玻璃智力拼图。那是用铅丝串连起来的。

“……啊。”

当我目不转睛地盯着那彩色玻璃看时，发现有点奇怪的地方。末黑野先生打趣道：

“您发现什么了吗？”

“那个……在那儿，那只大大的大雁的脖子下面……”

在这幅屋顶上的图画里，大雁以外的部分，基本上都描绘着天空和云。就是说，有很多变化微妙的蓝色和白色的玻璃。在接近中央的部分，镶嵌着一块大大的三角形的、接近土耳其石的水粉色的玻璃。在那儿，有一个大概像网球这么大的洞——看上去开着一个洞。

从表面上看，我不觉得这是设计出来的效果。第一，一定会漏雨的。真是奇怪。

“那个是……”

末黑野先生回答了一个谁都知道的答案。

“——是个洞。”

“但是……”

这是一栋刚刚竣工的房子。这里的彩色玻璃也都是新的。为什么要开一个洞呢？

“直到完工庆祝会的那天晚上，还都一切正常呢。——千原那家伙，对这些彩色玻璃的效果喜欢得无与伦比。彩色玻璃是在他的工作室里制作的，直到最后的最后，交货延迟了。工地现场，在开着口的地方放上了一片四棱木材，上面盖上了塑料布，在等着。——真是提心吊胆啊。无论如何，因为那儿是挺醒目的位置嘛。——好不容易，到了庆祝会那天的晚上，总算放进去了。”

“刚刚好……”

“是的，刚刚好来得及。末黑野宅邸，顺利完工。——也能向邀请的客人们炫耀一番了。值得庆祝——本以为会是这样，但是并非如此。”

发生了什么吗？

末黑野先生，仿佛故意要让人等待一下，两手叉腰。高个子的男人，以黄昏昏暗的天空为背景，像影子一样矗立，穿透过彩色玻璃的亮光，从下往上照来。

由于那儿的颇为不同的照明，我好像觉得，挺了不起的。

11

“干原那家伙，竟然彻底胡闹起来了。”

“啊？”

“他说他不满意。说那大雁的彩色玻璃不满意。他说什么‘被催急了，镶嵌进去了一块不满意的玻璃’。——那家伙，在我家里是出入自由的。不仅如此——大概他本人有一半认为，这儿就是他自己的家。完工以后，一直在我的一间客房里住下了。”

我有点幸灾乐祸地说：

“……末黑野先生和干原先生的关系是……”

我本意是想说“虽然我并不知道，但一定是什么特殊的关系了”。但我却结结巴巴地只说了一半。很显然，对方察觉了：

“以前我也曾经说过，那家伙，是我孩提时代的小尾巴一样的人。小尾巴的意思是自己是无论如何也切不断的，是孽缘。”

即便如此也不太好——我想。自由随便地在末黑野先生家住下，这算怎么一回事？

“干原先生，他没有家人吗？”

“——他一个人。七、八年前，变成孑然一身的天涯孤客了。”

“——变成了？”

“是啊。”

“出了什么事故了吗？”

“不是。并不是事故什么的。”

末黑野先生很少见地语塞起来。更增添了忧郁。接下去，难道不是应该进到屋里去的时间了吗。末黑野先生继续说。

“——他父亲是被暴徒袭击了。——干原老师是大学的教授。那天他把在同一所大学工作的同事请到家里，要商量一个难题——很难的事情。天色渐晚了，于是他把客人送到门口。——这时，有几个暴徒早已等在门口了。他们拿着日本刀不由分说地刺了过来。与其被刀砍，被刀刺的危险性更高。无疑这些人是带着杀机来的，所以他们两人都没有被抢救过来。——干原那时不在家里。这成了他一生悲痛的种子。但如果当时他在家的话，一定也没命了。但是，当时他的妹妹在家。——他妹妹，……并不是平常人的身体。”

“……怀了宝宝？”

“是的。——而且，她不是一个健康人。她的胸腔有疾病。——孩子的父亲，当时确有无论如何也无法陪伴她的原因。但是，那孩子的父亲要她一定要健康地把孩子生下来。把他们的孩子生下来。——并且告诉她无论出现什么状况，即便全家人反对，他也一定会和她结婚的。他在干原教授的面前跪下身子，发誓绝对不会背叛她。”

“……”

“那天她听到了争吵声和呼救声，——于是妹妹也来到了门口。——仅仅是看见这样的惨状，她也差不多要晕倒了，但这时，又被一个逃跑的暴徒撞飞出去。”

我仿佛看见了在那事件发生的深夜，几重鲜血的重叠。

这样我就明白了。

——千原先生在“女学生偶人展”的会场上，表现出来的异样的情感起伏，原来原因在这儿。他妹妹大概正好是“女学生”的年龄吧。一定是各种各样的思绪一齐涌上心头，在他的心里，一定是地震般地震动着吧。

末黑野先生在我家晚餐会的时候，没有回答这些。原因很简单，这不是能在晚餐会这种场合里谈论的话题。但是，他绝对忘不了这件事。不如说，他其实是很想告诉我的。

今天他带我来到这屋顶，只剩下我们两人独处，与其说他是为了让我看一看这里的彩色玻璃——倒不如说他是想要认真答复我。

大概是我想多了，他特地定在这个难以看清对方表情的时间，也许是他为了对我说这件事而特意安排的。昏暗中，他的嘴唇动了动。

“——事情发生之后，我对千原说‘你去欧洲学习吧’。我了解他的才能。只要加以磨炼，他必定会成材。——我恳求我的父亲，让他去留学。如果不这么做，我们都无法承受。在事件刚过去的几天里，我们俩连见面都觉得痛苦不堪。——我父亲也明白事情的原委。如果他当时能及早允许我们结婚，——那么她就不会呆在千原家里，这样，雪子和孩子就都不会遇难了。”

忽地一下，他说出了千原妹妹的名字，末黑野先生无法忘记。当他一个人独处，不经意的时候，那名字一定还会蹦出来。

“——我并没有责备谁。但是，这也许是我父亲赎罪的方式吧。千原去了欧洲。——然后，在我看来，他成为了一个太过气派的建筑家，回来了。由于他的个性比较强，并非能被所有人接受。——所以，我请他在我的公司里工作。不管怎样，是我们嘱托他去欧洲的，这样安排也在情理之中。”

末黑野先生忽然背对着四角形的彩色玻璃的亮光，说：“下去吧。”

12

这次我们倒过来向下走那条缠绕着建筑物的斜坡。

“对了。我说到一半。”

末黑野先生一边走，一边解释那彩色玻璃上开着一个洞的原因。

“完工庆祝会的第二天，我直到午后还在家里。所以记得很清楚。我正在家读几本书，忽然听到一声巨响。”

“是什么？”

“——您在日本桥的三越百货看见千原那家伙的吧。今天去帝都剧院，明天去三越百货。——什么都有卖的，确实是百货店。但是，我听见的声响，却是那儿没有卖的东西的声响。”

“啊……”

“是手枪。”

确实，三越百货店里没有武器柜台。但是——

“不可能吧……”

“做出这‘不可能’的事的，正是千原。”

末黑野先生愉快地说起这闹哄哄的话题。

“客房在三楼。我的书房在二楼。——围绕着中庭。在这斜坡的内侧，还安装有螺旋楼梯。——我打开房间的门，走到楼梯上向上看去。于是，看见那家伙在摇着手。——天空晴朗。我们的头顶上方，确实有着美丽的玻璃的天空。玻璃的大雁，向冰天雪地的北方说再见后向南飞去。——但是，在那彩色玻璃的正中间，竟然开了一个洞。”

我惊愕不已。

“是不是他不满意，所以用手枪打了那彩色玻璃？”

像个孩子。

“——我在那儿苦笑。”末黑野先生说。

喂，这是苦笑就能了结的事吗？

“这样一下子，玻璃碎片掉得四处都是，那不是太糟糕了吗。有没有人受伤啊？”

“天井的正下方是中庭。——但是，中庭的中央，也就是正巧在洞的正下方，放着一座大理石的雕像。所以，万幸，那下面没有人。——请来的客人们也在前一天晚上都回家了。这个季节，冷飕飕的。人们就像《蚂蚁和蚱蜢》中的蚂蚁一样，呆在暖和的房间里。难得有佣人从这里经过。于是周围空空的。——那家伙，还是考虑过的。是在没人的时候开枪打的。被掉落的玻璃碎片砸中的仅仅是这座雕像而已。”

大理石做的身体，只要不是某个国家的天方夜谭中出来的雕像，就不可能动。也不可能逃跑。真是遗憾。然而，这种说法确实奇妙。

“哦……”

我，又有些走神了。

“——我警告他‘不许随意破坏。建完的房子就是我的东西’。那家伙却满脸带笑地说‘这样我就舒服了。我做新的给你，别担心’，得意着呢。”

即便如此，这儿可是房子的中央啊。

“房顶开了洞，如果没有东西塞住不就糟糕了吗？”

“那里不是中庭上方的彩色玻璃吗。如同《劝进帐》里说的《山伏问答》一样是给别人看的地方。客人来的时候盖着盖子就不太好。首先，那种地方，不太可能伸出手去触摸。——所以，有客人来的日子，只要不是下雨天，就这样让它去。我们准备了塑料布，快下雨了就盖上。”

我们回到玄关，让在那儿等待的阿芳看了看我的衣着。

在我前往晚餐会场之前，在中庭里试着站了一会儿。对过的朝南方向有一条宽敞的走廊，在那儿远处的墙壁上也有彩色玻璃。那是萤火虫的景象。是夏天的图案。

抬头望去，高处有着那幅大雁的图案。并且，在中庭的中央确实站立着一尊大理石雕像。有一般人的一倍半这么大。与大雁或是萤火虫一类的日本风味相比，这里有些西洋风味。配合巧妙。但是，干原用他的个性化的搭配，将这些巧妙地串联起来，具有一种不可思议的统一感。

石像的脸是经常在照片上看到的，像米罗的维纳斯。头顶上举着一个大大的盆。那盆口可以看见葡萄串和一些圆形的果实，一定是农业的女神像。“收获”总是与实业家相关的值得庆贺的事吧。

——也就是现代的，用大理石制作的惠比须、大黑一般的雕像。

13

虽说是完工庆祝会，但正式的庆祝已经结束。这次来的客人，对末黑野先生来说，都是无法忽略的。而我不必挺胸抬头地参加，这也令我颇为高兴。

干原先生也一起出席了，他先走在前面，带领我们参观了室内。

一层的“萤火虫”彩色玻璃我已经看过。在二层，东西方向延伸着走廊，两头各有一幅玻璃画:《远山的天际泛出鱼肚白的黎明》和《乌鸦飞过的黄昏》。如果从方位来说的话，东面代表春天，西面代表秋天，也就是“春天的黎明”和“秋天的黄昏”。这样一来，在三层，北面应该有“雪”景——我这样猜测。而实际上也确实如此。

把彩色玻璃设计成和式风格的并不少见。我就见过“松和鹤”，稍微独特一点的地方有“龙虾和鲷鱼”等。在我跟着去京都的时候，下榻的酒店里就有“祇园祭”图案的彩色玻璃。

正当我沿着外部的斜坡往下走，忽然想起了清少纳言，并意外地把看过的图案都联系在一起了。这里描绘的四季景色，毫无疑问，是依据了《枕草子》，都取自第一段里描写四季之美的文字。

言归正传，说起建筑物的特征，怎么说都是那大大的在百货商店最常见的天井。内部装修是大胆的西洋风格和日式风格的混搭。

连同晚餐会的座位，——末黑野先生也替我想了很多——我正巧坐在了干原先生的旁边。这其中的意思一定是“如果有什么疑问的话，尽管问吧”。

但是，先搭起话来的，是干原先生。

“很有趣的图案啊。”

他盯着我的和服腰带，高声说。

“是的。这图案叫作‘各种宝物’。”

在黑色底色的面料上，用金丝线和银丝线以及各种颜色的丝线，绣着各种各样的宝物。因为今天是值得祝贺的新房完工庆祝会，所以我带着这条腰带来了。

干原先生，又一次骨碌碌地转动他那极富特点的眼睛:

“‘宝物’？哈哈，这样的话，——这个是‘万宝槌’吗？”

他边说边指着一眼就明白的地方。用手指着我这个年轻女孩的腹部，当然是失礼的举动。但是，他并没有什么恶意，我也并不讨厌。于是回答：

“说得正是。”

“这个是‘卷轴’，里面写着什么好东西吗？——有点儿奇怪呢。”

那是个像象牙一样，有着不可思议的形状的东西。我也曾经看不懂，就问了阿芳。因为从阿芳那儿学过，所以回答得出来。

“这个是‘丁香’。它能做成草药或是香辛料，是丁香树的花骨朵儿。”

“哦，哦——！”

他似乎恍然大悟了。他与末黑野先生应该是同龄，可是他说话的口气却像极了小孩子。

他的手指往旁边移了移。

“这个，看着像龙虱或田龟什么的，究竟是什么呢？”

再怎么说，也不会是虫子啊。

“那个叫‘蓑’。”我回答。

“蓑，是穿在身上的蓑衣？”

“是的。而且，这个是‘笠’。”

干原先生的脖子都歪了。

“蓑笠这些，也是宝物吗？”

“这可不是一般的蓑笠哦。这是童话中所说的‘隐身蓑衣’和‘隐身斗笠’啊。”

“啊，是这样啊！”

他傻乎乎地感叹道。他那样子实在是天真烂漫。我不禁问道：

“您也希望获得一件‘隐身蓑衣’吗？”

“嗯。”

“您也有希望自己消失的事情吗？”

千原先生稍微沉默了一下。总算，随着菜品被端了出来，他握紧了餐刀，然后说道：

“——有啊。”

他像忽然间变了一个人一般，发出了着实阴沉的声音。

14

我想说些有趣的，于是就谈起了那些彩色玻璃表现的四季景色。虽说如果不知道取材于《枕草子》倒是很奇怪的，我还是说道：“是《枕草子》吧。”

千原先生是表现者。如果他觉得“这个小丫头也理解了自己的意图”，一定会感到很高兴吧。

然而，千原先生却并没有怎么表现出高兴的样子。

“是啊。——《枕草子》。”

他淡淡地说道。然后，又特别补充道：

“——嗯，就是‘萤火虫’和‘大雁’啦。”

确实如此。《枕草子》第一段里，说到夏天的时候写道，“即使在没有月亮的晚上，成群的萤火虫飞来飞去的情境别有一番风情。哪怕就是一两只萤火虫，发出微弱的亮光飞去的样子，也很有味道。”写秋天的时候则说，“更何况大雁排着整齐的队形，在天空中渐渐远去的情境，让人感到无限的情趣。”这段文章可是尽人皆知。

千原先生有去过欧洲的经历，于是把日本的四季固定在这些彩色玻璃上。这也是一种缘分吧。

“我听说您在那边参观了彩色玻璃之后，被它倾倒了是吗？”

千原先生一边晃动着身体，一边在切着白色碟子里的一块厚厚的肉。他那乱蓬蓬的头发也随着一晃一晃的。他忽然停下了手，向我这边看过来：

“末黑野这么说的吗？”

“是的。——我是这么听说的。”

“那家伙，就会吹牛。但是，和倾倒又不太一样。就是我总觉得‘这样就行了吗？’”

“——啊？”

奇怪的语言。不明白他的意思。千原先生叉了一块肉放在自己的盘子上。他那大大的嘴巴，为了继续说话而张得大大的。

“在法国，在巴黎有一个叫圣礼拜堂的教堂。那儿有一个狭窄的螺旋楼梯能往上爬。那是一部看上去像是通往屋顶阁楼的黑乎乎的楼梯。但是，爬上去之后我却大吃一惊。那里是光的洪水。横向的宽度让你无论怎样伸直手臂都碰不到墙，抬头仰望，一直到很高的高度都铺满了彩色玻璃。——一瞬间，这个世界变成了红色和青色、绿色和琥珀色的玻璃的世界。只是看着看着，就觉得那光线变成了音乐，耳边汹涌而来的是管风琴的乐章。——实在了不起。如果说我被压倒了，那就是被压倒了。庄严啊，就是庄严。——我被击败了，在最初看到它的时候。”

千原先生吸了口气，喝了一口葡萄酒：

“——但是啊，在我听过各种各样的说法之后，我却感到并不怎么样。——就说让人做那彩色玻璃的国王吧，他好像在政治上很成功。对他的评价很高呢。但是，不是也出现了十字军吗？”

因为带有坚定的信仰，才会出现那样的组织不是吗？我似乎觉得挺前后一致的。

“那时的人们，不是都高高兴兴地去参加的吗？因为被使命感所驱使了——”我说。

千原先生这时，痛苦地皱紧眉头。

“正是这样才不应该呢。正是由于被使命感所驱使，才会造成恶劣的后果。若是那样，作为神做的事来说，这不是邪道吗？”

确实，我也听说过少年十字军们的悲惨结局。

千原先生一边“嗯”地痛苦地呻吟着，一边抓住葡萄酒杯，咕咚地一饮而尽。

“我所认为的美，是能让人的情绪变得平稳安详的东西。横眉竖目地面向着耶路撒冷，那不是神的美，而是恶魔的美。——那么，侍奉神不就是坏事了吗？把神放在内心，是好事对吗？可以作为自身的寄托吧。然而，我却不需要那些气派的庄严的神。——如果有神说‘一个异教徒的命比我更重要’，——能有勇气说这句话的神如果真的出现了，到那时候，我就跪在那神的面前。”

这是反论。确实如此，即便是神，能说这句话的时候也需要“勇气”吧。

“可是……这样的神，不是没有值得我们信仰的价值吗？从人们的眼光看，那不就是不值得依靠……”

“值得依靠是如此重要的事情吗？”

“……可是，因为人总是希望能有心灵的支撑……想要依靠，所以才祭拜神，不是吗？”

千原先生，忽地一下，换了一副温文尔雅的表情。用仿佛在看自己的亲人一般的眼睛，看着我。

“——那个，如果到南方、海水清澈纯净而透明的地方去的话，有一个活神仙居住的岛屿。那些神仙大多都是女人，做些占卜。她们从人是否幸福到一年的收成都能预言。有被说中的，也有说不中的。——岛上的人们，称这些女人们为神。但是，这些神并非居住在金殿玉楼之中。而是住在岛上最为破旧的，漏雨的小屋里。平时靠乞讨为生，好不容易才能逃离饥饿。”

“……”我无语。

他继续说：“自己能做些什么？在这样扪心自问的时候，比任何人都过着贫穷的生活，这才是神对自己要求的，至极的，诚实的惩罚，不是吗？——我啊，如果遇到这样的神，我会合掌而泣的。”

干原先生将视线移向空中，然后像是自言自语一般，嘟哝着。

“——神大概是一样的无力，一样的可怜吧。正因为如此，他才用他那懂得痛苦的眼睛，凝视着人们。——正因为我们被这样的眼睛凝视着，我们才会感受到被救赎，不是吗？”

15

晚餐会在一层的大餐厅里举办。饭后，大家转移到旁边的大客厅，有演讲和余兴节目。

我看着站在演讲台上的男人，在这样的场合里，有一种不相称的感觉。那男人穿着黑色的和服外褂，看上去像甲虫黑色而坚硬的翅膀似的。他外号叫荒熊，名叫段仓荒雄。去年，我也听过这个人的讲话。

他是一个宣讲帝国的纯粹、荣光和繁荣的人物。实际上，他与现今的时局高度完全一致。不管是否真的愿意，但只要叫上这样的人参加，也许就能让聚会在形式上更完整。可是，我刚刚从末黑野先生的口中，得知了雪子小姐的悲惨故事。

而且我以前也听说过。

——被段仓批判为自由主义的某一位老师，不但不辞职，而且还发表了一篇鲜明的反驳文章，结果被暴徒残杀了——据说。

我并不知道被杀的教授的姓名。然而，那件事却与末黑野先生讲述的记忆不谋而合。毫无疑问，那一定也是干原先生的过去。

我环顾了一圈稍稍超过十人的客人座席。但是，却没有看见那乱蓬蓬的脑袋。

段仓用手支撑在讲坛上，向前倾斜着身子，发出了他演讲的第一声。一开始我就觉得，他好像醉了。一定是到这里来之前，在别的地方参加过聚会了。他讲的内容，与我去年听到的基本一样。完全是狮子吼般的演讲。一定也有听者感受到快感吧。

演讲结束后，末黑野先生站了起来，微笑着讲了几句客套话。然后，好像他引导着段仓去了准备室。

这之后，是放映余兴电影的准备工作。这次是豪华版的电影。并非流行中的有声电影。而这一点正是精彩的地方，居然请了德川梦声来讲解电影。我在轻井泽的时候也曾听过梦声讲解电影。即便是同样的画面，只要加上他的讲解，感受到的东西就会完全不同。即便是二流电影、三流电影，立刻会变得引人入胜。这就是技艺的力量吧。如果说清元的延寿太夫是名人的话，电影解说员德川梦声也是大名鼎鼎的。

末黑野先生回到座位坐下，接着房间里的照明被关闭。从电影放映机中流出的光线，投掷到设置在墙壁上的白色银幕上，映出了四方形的另一个世界。

在黑暗中浮现出来的是年轻人和老人。坐在室外长椅上的两人交谈着。这时，穿着白色衣服的女子走了过来。周围景色奇妙地歪斜着。那女人一边眺望着别的方向，犹如太空漫步般地走了过来。登场的人物，都有着不常见的、异样的眼睛。

是的，正在放映的是现代古典作品《卡里加利博士的小屋》。在这种已经被人们所熟知的电影里，更能让人体会到梦声解说的魅力。完全沉浸其中的时候觉得很恐怖。

在杂耍小屋里，卡里加利博士让睡着了的男人切萨雷醒来。博士对着满屋子的观众说：

"……没有他不知道的事。你们的结局，他全部看穿。……什么事都知道。……怎么样，有谁要问什么，……想要问问的人，不来问问吗？……"

梦声这样解说。仿佛他早已身处那遥远的德国的那个杂耍小屋，正在被卡里加利博士问着呢。

银幕上，一个年轻人站了起来，走向舞台。"那么我问问看，我，究竟，能活到什么时候？"切萨雷动了动他薄薄的嘴唇。

"……活到，明天早晨……"

屏气凝神说的就是这种时候。我完全被电影吸引住了，甚至忘记了时间。会场上的所有人都与我一样。

我甚至忘记了这之后过了很长还是很短的时间，山间的故事结束了，电影又回到了最初的那个画面，即老人和年轻人的对话。啊，快结束了，正当我要放松紧张的肩膀的时候，听见了一声巨响。

这巨响——是来自现实的世界。是什么东西破碎了的声音。然后，紧接着发出了两声似乎是重物掉落的声响。

甚至连梦声也一瞬间停止了解说。到底是不是应该继续，他似乎有些迷惑。

我的脑海中，出现了奇妙的似曾相识的感觉。前年的夏天，在轻井泽有一场十六米电影的放映会。在那中间，发生了一个案件。难道真的又会有类似的事情发生吗？

黑色的人影从座位上站了起来。从他的声音，我知道那是主人末黑野先生。

“开灯，——快开灯。”

16

我们穿过走廊，来到冷冰冰的中庭。在那儿，所有人都停住了脚步。

我能感觉到站在前面的人吞咽着气息。我越过前面一排人的肩膀往前方窥视，看到有一个人，倒在前面的地毯上。

从那黑色的和服外褂和肥胖的身材上，我立刻明白了那个人就是段仓。从他躺在地上的奇怪的手脚姿势来看，他肯定是早已没有了呼吸。我不由得捂住了嘴。而且，强忍住了惊叫。如果我惊叫出来，那就更加恐怖了。

就在刚才，还大声说话的人能变成这样吗？怎么会有这样的事情？我仿佛看见了死亡这个魔鬼的样子，两只脚不住地颤抖着。

装饰着段仓最后躺着的地面的，是散落下来的玻璃碎片。这里那里，冰冷地，美丽地闪耀着光芒。

我猛然间抬头仰望，“大雁彩色玻璃”上开了一个大大的洞，从那个洞口一直能看到黑色的夜空。

他在屋顶上踩破了彩色玻璃天窗，砸在了大理石像上又弹出去，于是落在了这里。——大概事情的经过就是这样。碰撞的声音有连续两声，是因为他先撞在石像上后又砸到地上的缘故。

“医生。快叫医生。”

末黑野先生对着惊慌失措的像是管家的人呵斥道。

正在这时，从螺旋楼梯上传来了有人急速跑下楼的声音。是干原先生。

“——怎么啦？”

还是一成不变的高音，自然这时已经听不出悠闲的语气了，他的声音里带着紧张。

末黑野先生转头向他：

“段仓先生，好像从上面摔下来了。——到底是怎么回事。他出去干吗？”

他的问题里还包括，干原先生是否在准备室陪他，为什么他不在那儿。

“——我向他介绍了三层顶上的彩色玻璃，他说要醒一醒酒，出去走一圈，所以他下了楼。”

末黑野先生蹲在躺在地上的黑色的身体旁边，用膝盖顶着地。

“……为了吹吹风出去了，难道你一直去了屋顶？”

因为这里是西洋式的建筑物，所以不需要换鞋。就这样，他摇摇晃晃地出了大门。方便反倒成了危险。看见那个斜坡，就会想着上面是什么，为了看个究竟走上去确实极为自然。

一旦走上了那个斜坡，就会一步一步地往前走。到了顶上在黑暗中，看着下面的灯光照在彩色玻璃上。那就像巨大的诱蛾灯一般，段仓一定是想过去看个究竟。

若是充分发挥想象力，他被那中央开着的小洞吸引了，大概是趁着酒醉，想着“到那儿去看看”于是就踩了出去。承受不住这么重的重量，于是玻璃天窗就破裂了。这是完全有可能发生的。

段仓的木屐，仿佛小孩子为了占卜天气而将脚上的木屐踢飞一样，分别掉落在左右两边，相隔很远。一定是掉落的过程中从脚上飞了出去吧。

末黑野先生手拿着木屐。他一定在想，最起码，给段仓穿上吧。看见木屐底部的木齿，在他的眉宇中间，一瞬间，浮现出了轻微的疑惑。

——怎么了？

这时，我觉察到，穿过彩色玻璃天窗的大洞，从遥远的天空，纷纷扬扬地飘下来了某些东西。

这样说来，段仓的黑色和服外褂的这里那里都能找到那东西的痕迹。木屐底，一定也粘着。

不知何时开始，这栋公馆的外面，静静地下起了细雪。

在这意想不到的过程里，在不知所措的我们每个人的头顶，属于上天的白色的细细的雪片，悄悄地飞舞而来。而且，它们降落在或是在大理石像上，或是倒地的段仓身上，还有散落在地毯上的色彩缤纷的玻璃上。

于是，我忽然想到了。

我抽出身去，跑向玄关。我把身上的长袖和服的下摆翻起，拉开了大门。走了几步就来到了室外，我看了看那斜坡。

——如果下雪了，那么一定有痕迹。

薄薄的积雪上面，有着快要被雪覆盖过去的，但现在还能隐隐约约看得清楚的脚印。

跟跟跄跄的木屐的足迹。然后，还有一个——稍微离开一点儿的地方，看得出另外一双鞋子的脚印。

那脚印上覆盖着白色的雪花，在门廊的照明无法照亮的远处，消失在黑暗中。不管怎样，有人上去了，还没有下来。这一点是很明白的。

事情刻不容缓！

我迅速返身跑回室内。甚至来不及回应带着疑惑的眼光看着我的人们。我握紧双手，朝着我认为是随从人员房间的方向，大叫起来，或者是怒吼——用这个词，也许更为准确。虽然作为我这样的年轻女孩，这是极不相称的。

“——别宫，别宫！”

在我的视野的一角，出现了干原的身影。不知为何，在我的声音响彻室内的时候，他的身体整个反应了起来。那反应太明显了，以至于根本没有打算朝他看的我也看见了。

我眨巴眨巴眼睛，转过去看干原。正打算问他：“你吃惊什么？”

然而就在此时，被深蓝色冬季制服包裹着的别姬小姐，嗖地一下出现在西侧走廊的入口处。大概在随从人员房间里也知道“发生了什么骚动”。她准是已经准备好随时出现了。

别姬小姐用凛然的声音回答我。在冰冷的空气中，她的声音回响着。

“——您叫我吗？小姐。”

17

我跑向别姬小姐，简短地，把事情说了一遍。

“——快跟我来！”

其实准确地说，是我跟着别姬小姐来才对。别姬小姐稍微摇了摇头：

“不能出意外。让别宫一个人上去看看。”

“不——”

别姬小姐，带着“真是难缠的小姐”的眼光，看着我：

“无论如何，暂且从汽车里取出手电筒，再上去。”

“没有时间说什么暂且之类的话啊！”

不知何时，末黑野先生悄然走近了我们身后。末黑野先生带着忧郁的神态对我说。

“……怎么一回事？小姐。”

我上下挥舞着从淡红色的长袖和服的长长的袖子里伸出来的、握紧了拳头的手，说：

“刚才，我去看了那斜坡。虽然很薄，但还是有些积雪。就是说，看得出脚印。——沿着段仓的脚印，有另一个人也上去了。段仓说不定是被推下来的。——而且，更重要的是，那‘另一个男人’还没有下来呢。”

噢的喊声，从我们一大群人中发了出来。

末黑野先生露出了被我说中了麻烦事一样的面部表情。他作为主人，大概会这么想。

“那么……”

“所以，赶快。——这样磨磨蹭蹭的，那个男人，说不定会逃之夭夭的。”

有几个男性宾客，冲向玄关准备出去。别姬小姐的声音追了上去。她声音中带有的不可思议的坚强，阻止了人们的脚步。

别姬小姐这样说。

“请原谅我多管闲事。现在，白色的雪正在不停地下。——如果‘这样磨蹭’的话，脚印本身会被雪覆盖，马上消失的。所以请大家先确认那里是否有脚印。——还有，请不要踩坏雪地上的脚印，拜托大家了。”

有几个人站在那儿背对着我们点了点头。随后，我到底还是被男人们超了过去。让他们先去，还真有点儿遗憾。

末黑野先生的直线状的眉毛下，两眼眯缝成了直线状：

“……我明白了。如果是这样的话，让我来准备手电筒吧。应该马上能拿出来几个。”

别姬小姐利用这个空当，给我拿来了外套和披肩。这种时候还穿这种衣服，我感到有些不相称，怪难为情的。但是，这是别姬小姐特别的好意，所以我还是穿上了。

几年前，松下电器制作所开始销售电池式的手电筒。因为提灯确实不可靠。在这种时候，还是要这种产品才行。别姬小姐拿了一支在手上，为我照亮了脚下。

走在前面的人，尽量靠紧墙壁，慢慢地往上爬。

我打了个寒颤，当然了，天很冷。

末黑野先生先将手电筒照向那足迹。白雪被光线染成了黄色。

“已经相当难以辨认清楚了。”

“请看那儿。应该还能看清。”

我伸出手指，边指边说明。

“嗯。……不管怎样，上去看看吧。有这么多人，不用担心吧。”

天上下着的细雪，正好在不给人添麻烦的程度。像是悠闲的呼吸，有间隔地，一会儿多一会儿少。风好像比黄昏时分小了些，也没有吹散雪花。

我还以为前面会发生什么事情，但我们这些人只是默默地往上爬。

总算来到了屋顶。

整个屋顶像是一面巨大的白色的盆子，在白雪的映衬下，觉得连黑暗都淡了很多。

“……好像没有人啊。”

大家窃窃私语。确实，屋顶上鸦雀无声。没有人影。但是，这太没道理了。

“……如果有人在的话，只有躲在那屋顶小屋的后面了。”

就是镶嵌着彩色玻璃的中央的小屋。人们分别从左右两边绕过小屋，汇合了。

小屋的后面，当然，连小屋的顶上都没有人。

让人奇怪地感到心虚的手电筒的光线在眼前延伸，纷纷扬扬的细雪飞舞。我仿佛觉得在这无限扩展的黑夜里，那个人一下子出来又一下子消失了。

18

“跟大家说了这些无聊的话，我很抱歉。”

回到大厅，我低头道歉。留着小胡子的某财阀的公子，带着安慰的表情说，“不，不要紧。确实，那儿有脚印。我们并不是白跑了一趟。那脚印是应该先去确认的……”

说到这儿，他把下面的“但是”咽了回去，但我还是听明白了。确实是“但是”啊。那脚印的主人，难道从屋顶向天空飞去了吗？

雪不停地下。让人疑惑不已的那难以理解的脚印，一个小时之内就会消失吧。不可能的事情，消失掉的话，那倒可能是一件恰到好处的事呢。

在我之后，这一次是末黑野先生，深深地鞠躬道歉。

“好不容易来到我们家，却莫名其妙地卷入了这样的事件。实在是抱歉。”

他扫了一眼身后的遗骸：

“——不管怎样，实在是遗憾，‘段仓先生喝醉了酒从屋顶天窗摔了下来’这个事实，是无法改变的。作为这个宅邸的主人，我感到自己的责任。——因为情况很明白，今后不会给大家再添麻烦的。我也叫了警察。日后一切应对由我来负责。着急的朋友，这就可以回去了。”

然后，他又加上了一句：“下次有时间，我一定再次做东，请诸位喝茶。”

热腾腾的茶还是有魅力的。但是，大概女性阵营都不太喜欢与“死”有关的建筑物吧。于是大多数人都踏上了归途。

我也走向福特汽车。只不过，我赶紧回去的目的有所不同。我希望尽快与别姬小姐单独谈谈。有关这个事件，我想和她好好讨论一下。我亲眼所见的雪地上的足迹，现在仍然记忆深刻。究竟，那该如何解释呢？

在汽车里，当然，无法讨论。有阿芳在。我靠在靠背里，陷入了沉思。

车窗外面，雪在不停地下。福特汽车沿着白色的街道慢慢地向前行驶。

沿着那斜坡，到达的地方是屋顶。屋顶是室外。只要不从那里回来，不可能进入到建筑物的室内。如果，真的有人把段仓推了下来，那他一定在屋顶，也就是在室外。是我们所不知的、谜一样的人物。

这样一来，我的思绪又转回了原处。

闭上眼睛，暂且先把自己的头脑清空。然后，问问自己“能不能从别的角度考虑”。

“——别的？”

“是啊。换一个角度试试。”

“怎么换呢？”

“比如说——”

我自问自答，忽然间啊地一下。只要不被固定的想法约束住，答案很简单地就得出了。很单纯的情节。

这样一想的话，连同脚印在内，一切都能够解释了。

但是，它对我来说，却不是一个我所欢迎的结论。

19

到了家，我直接把别姬小姐叫来了我的房间。

我虽已换了日常穿的家居服，别姬小姐还仍然穿着制服，在我门口等着。

“对不起啊，你一定很想早些休息吧？”

“不，您别在意。”

我请她进来，我坐进了长椅。别姬小姐却站着。我再三邀她坐下，总算，让她在前面的椅子里坐下了。

首先，我想要解决几个很疑惑的问题。

“别姬小姐你也看见了那房子里的彩色玻璃了吧。”

“是的。进门的正面有景观。中庭的顶部是‘大雁’。”

"是啊，然后，二层的东面和西面，又有'春天的黎明'和'秋天的黄昏'。三层还有'雪'。这样一来，是《枕草子》，不是吗？"

别姬小姐毫不犹豫地点点头。

"是的。这样听您说了，还真像是《枕草子》。"

"但是啊，如果这样的话，'大雁'是应该放到二层的秋天的彩色玻璃里去的。为什么把它移到了高高的屋顶上去了呢？"

千原先生说话时，那种"嗯，也可以说是《枕草子》吧"这样的暧昧的语调，让我感到疑惑。

别姬小姐静静地说道：

"别宫我只看到'萤火虫'和'大雁'。如果还看了别的，也许反而会弄不明白了。"

"……什么意思？"

"是'萤火虫'和'大雁'。如果直截了当地来看的话，不就是《伊势》吗？"

我吃惊得张大了嘴巴。别姬小姐则流利地背诵起来。

"'若有飞萤上云端，秋风渐起告雁归。'——就是这一句吧。"

我完全没想起。我太局限于《枕草子》了。别姬小姐所指出的，是有名的《伊势物语》中的"萤火虫之段"。

这首诗歌，是为一个把无尽的相思藏在心底死去的深闺女子咏诵的安魂曲。

自古以来，人们就认为鸟儿是载送人的灵魂的。"萤火虫啊，如果你飞到了云端之上，就请你转告大雁：人世间已经季节更替，秋风吹起，请你带着她的灵魂早点回来——。"就是这样一首诗歌。萤火虫还让人联想起那死去的女子的灵魂。

一层的“萤火虫”，和天窗上的“大雁”。这之间的天井，难道是死去的女子的魂魄游玩的地方吗？

把玻璃打碎，开出一个洞，把她的魂魄放归到无限的天际之上。如果说这是谁想出来的……

我把今天下午傍晚时分看到的和听到的，详细地告诉了别姬小姐。

别姬小姐的表情变得严肃。

“从下面看上去，确实有一个像圆点一般缺损的地方。”

“那是个洞啊。是不是，如果没有那个洞，彩色玻璃的上面是室外。但是，仅仅开了一个洞，就把室内外连在一起了。好像把手套翻过来一样，正反面都分不清了呀！”

别姬小姐默默地倾听着。

“那时，我们大家都沉浸在电影里。如果再给醉醺醺的段仓，喝下混入安眠药的酒，那他就完全丧失意识了吧？把他背在肩上爬上屋顶，让他躺在彩色玻璃的边缘。在他身上绑上U字形的绳子。绳子的两端穿过小洞。如果使用之前就准备好的竿子什么的，并不是难事。那是个有网球大小的洞啊。像钓鱼竿的鱼线一般，把绳子垂下去，端点就会穿过小洞的啊！”

“……”

“只要做到这一步，然后进入房子，登上螺旋楼梯。一直走到三层的天窗附近，用竿子钩住绳子，捏在手里。牢牢地握紧绳子，猛地一拉。屋顶上的人被拉到了彩色玻璃的中央。然后——”

我的脑海里浮现出撒落一地的彩色玻璃。

“——拉的时候，松开绳子的一端，人就掉了下来，绳子还在手中。”

别姬小姐总算开口了。

“……但是，彩色玻璃是如此容易破碎的东西吗？玻璃被连接在一起，并不脆弱。连接处成为支撑，不是反而更加坚固了吗？很多人站上去都不一定会坏。……若不是那样的话，不太可能在这么多建筑中使用的。”

我点点头。

“那当然如此。但是，假设噢，——假设，做了这个案子的人，——正是制作彩色玻璃的那个人的话，会怎样呢？玻璃的正中间，故意做得脆弱，这不是很简单的事吗？”

20

别姬小姐说：

“脚印的事，您怎么解释呢？”

我探出身子。

“如果这样考虑的话，就能说通了。不，除了这样解释以外，我觉得肯定无法解释得通。——背着段仓的男人，站在斜坡前面的时候，发现斜坡上积雪了。这是计划以外的。这样，就会留下自己的脚印。下着的雪，到作案的时候，不一定会把脚印完全覆盖隐藏起来。——真是为难。但是这个男人，不想错过这千载一遇的好机会。——而且，不可能‘穿着鞋去穿着鞋回来’。这样的话，一眼就看出段仓并没有在屋顶上。”

别姬小姐点点头。我继续说道：

“——‘穿木屐去穿鞋回来’的话，也很容易想象成‘一个人换了鞋回来’。不管怎样，不可能有‘去的脚印’。无论如何，不愿意让人觉得‘去了屋顶的人，又从这条路返回来了’。总之，不能有‘去了之后又回来了’。——所以，去的时候穿着自己的鞋，回来时穿上段仓的木屐背朝前反着走回来。这种方法，很‘奇妙’，反而容易令人混乱。——段仓烂醉如泥，所以他的脚步乱一些也不必在意。——如果可以的话，他期待着直到作案的时候，那脚印已经被雪覆盖隐藏起来了。但是，只差一点儿，没有来得及。”

“他自己的那双木屐，怎么办呢？”

“还用说，从三层上扔下来即可。谁都会以为是掉下来的时候脱落的。”

“有道理。”

“……怎么样？”

别姬小姐想了一会儿：

“我觉得大致能讲得通。但是，这样一来，制作了那些彩色玻璃的人，好像有什么——”

她的意思大概是“对段仓抱有什么仇恨吧？”然而，这时，我发现，我还没有把那位眼睛骨碌碌先生的真名告诉她。我是个急性子，于是我打断了别姬小姐的话：

“干原先生——他叫。”

别姬小姐是一个，迄今为止，大概从未在她那白皙的脸上浮现出内心动摇的表情的人。我甚至都无法想象这个人着急，或是惊慌失措的样子。

但是，当她听到“干原”的时候则不一样。她没有惊叫。与其说她的表情动摇了，不如说她的表情冻结了。我在这时，感觉到她的内心比表情更强烈的动摇。

仿佛我所依靠的铜墙铁壁意外倒塌了一样，不安的感觉让我一语不发。座钟指针的声响奇妙地被扩大了许多。

稍过了一会儿，别姬小姐说：

“……‘干原’是怎么写的呢？”

“那个，——嗯，——还是比较少见的名字。‘干燥’的干加上‘原野’的原。”

我把从末黑野先生那儿听到的，二人的痛苦的过去告诉了别姬小姐。然后，还讲了从哥哥那儿听说的事情。大学里的老师对段仓讲了他的自由主义的意见，所以就被暴徒杀害了——据说。

“听说是一百年里才有一个的，拥有着极为少见的才华的老师。无论是人格还是见识，都极为优秀。说不定，他就是干原先生的父亲吧。——当然，虽然我并不确信，但我觉得这些事情在这里都连在一起了。”

别姬小姐的回答，不知为何，像是身在遥远的地方的人一样，迟了很久。

“……哦。”

“啊？有什么，知道的吗？”

“……如果是那个事件，我也听说了。”

“是吗？果然与段仓有关吗？”

别姬小姐慢慢地点了点头。

21

我继续说。

“——如果是这样的话，现在，我们想到的事情，说不定实际上已经发生了。——那个房子本身，就是为了作案而建造起来的。”

当然，就算实际上没有出手，末黑野先生也应该是干原先生的同伙。如果没有这两个人的配合，这样的案件是不可能发生的。

我最后说：

“但是……脚印会被雪覆盖。没有留下的痕迹。没有证据……”

这一点，我觉得像是救赎。虽然只是短时间，但对于曾经亲切地交谈过的干原先生，我并没感觉到一点不舒服的地方。而且我还听说了他过去的故事，就更加如此了。

相比被害者，对加害者进行援助就不太好了。从理性上应该这样想。所以，无法证明“我的胡思乱想”反而令我很高兴。这是比什么都好的“借口”。

别姬小姐俯下身子。她也在纠结着和我一样的想法吗？不管怎样，这件事，只能在这里了结了。

然而，别姬小姐俯着身子，仿佛从牙缝里挤出来一样地说：

“证据，我想，有一个。”

“哦？”

“有一个，留下来的东西。”

难以置信。

“怎么回事？”

别姬小姐似乎对自己说出来的话有些后悔了，沉默了一会儿。座钟，在那儿刻写着时间。周围像海底般的沉静。

不久，别姬小姐说话了。

“如果房子本身就是为了这案件而建造的话，那个，摆放在中庭中央的大理石像的作用是什么呢”

“那是……为了让从上面掉下来的牺牲者，不至于砸到人的缘故吧？”

“除此之外，就没有别的原因了吗？为什么偏偏选中了‘那座雕像’呢？”

那是一个——将装有水果呀谷物什么的盆捧过头顶的女性雕像。

“——难道不是因为‘丰收’吗？这种意思，这种抽象的意思？”

“不。有更加具体的作用。——那个房子，故意被建造到二月完工。东京最冷的季节，可能与其说是一月，不如说是二月。——下雪了。其结果就会产生脚印的问题，所以，冬季应该不是作案的最佳时机啊。——这是理所当然的。”

“那倒……确实。”

“如果希望造成被害者在‘夜晚醉酒后上了屋顶’的假象，那么放在夏季里作案会更合适。”

——是的。那不正是《枕草子》里面的《夏夜》吗？在这样周密计划的案件里，不可能不把季节的因素考虑进去的。

“那么，为什么选择二月呢？”

“那是因为……如果我说了的话，就成了小姐您正在考虑的证据了。”

这是奇妙的说法。忽地抬起头来的别姬小姐的整个面部，都透着凄惨的表情。我的心揪紧了。不知为什么。但是，难道我是在让眼前的这个人痛苦吗？

别宫小姐说：

“小姐，实在对不起，别宫我有些累了。您能让我下去休息了吗？”

我只得点头。从我的心情来说，应该是我对她说“实在对不起”的。

别宫小姐站起身来，鞠了个躬走向门口。

然而，她却在门口停住了，似乎用尽全力才好不容易转过头来，面对我。

“真相，如果一定要确认的话，那么明天或什么时候，必须要去一趟末黑野先生的宅邸。如果我把这个判断交给小姐您的话，那么别宫我就变成了卑鄙的小人。——去吧，明天。”

22

我推说自己忘记了东西，让家里的佣人查了末黑野先生的电话号码。虽然很晚了，末黑野先生却还没睡。电话接通之后，交给我说话。对于我提出的，“明天下午，希望拜访贵府”的要求，末黑野先生一点儿也没有感到吃惊。他很郑重地回答“我恭候您的到来”。

放学回家的路上，福特汽车“去拿忘记的东西”，向池袋的郊区方向驶去。

今天的天空，明亮而晴朗。冬季的阳光虽然透明，但却严峻并带着一丝哀愁。汽车在萧条的风景中前行，一会儿，就进入了末黑野宅邸玄关前的停车廊。

末黑野先生和干原先生都出来迎接了。末黑野先生的脸上浮现着令人目眩的笑容。

“和昨天相比，您的情趣又有所不同了。女人真是不可思议。让人会感觉完全变了一个人。”

今天的我，穿着印有八重樱图案的学校的校服。说不定，让他想起了雪子小姐吧。

干原先生则用深邃的目光紧盯着别姬小姐。我们四个人走进了那空荡而寂寞的房子。

“今天我让佣人们都休息了。这栋房子里只有我们。”

末黑野先生说：

“那么，首先，我们要做什么呢？”

我回答道：

“我们能向您借一把扶梯或是能登高的东西吗？”

昨天晚上，我仔细考虑过了。别姬小姐所说的意思，我想——我明白了。

“哦。”

站在旁边的干原先生，微微一笑。

“——这个不太妙。竟然，你们都能想到这一点了。”

于是，这儿的进展很奇妙，应该是最不想借的那两个人，把扶梯抬了出来。

我，把扶梯架在那有着维纳斯风貌的大理石像上。

“我帮你扶着。”

“不，没关系。”

我爬上扶梯，往那“丰收的盆子”里看了进去。与我想的一样，那里面，像是掉进了颜料一般，已经被染成了淡蓝色。

我爬下扶梯，站在地面上。

“怎么样？”

“变成淡蓝色了。”

末黑野先生，像是在说“遗憾”一般摇着头。

“如果早些处理掉就好了。不能让别人干。自己干的话，佣人们会看见的。我总觉得‘不可能有人知道’，疏忽大意了，于是就让它去了。”

我瞟了一眼那上面：

“这里就是，那个洞的正下方吧？”

“是的。正是这样。但是，——您怎么会发现的呢？”

百闻不如一见。我抬头仰视那大雁彩色玻璃。上面盖上了塑料布，有点儿暗，但那惨状我还是知道的。中央部分极大地破损了，有几处铅做的外框，仿佛魔女伸出了黑黑的手指一般，向下垂着。

如果已经破成这样，也就无所谓了。

“——别宫。”

“是。”

“那个框框里的某个地方，能打穿吗？”

“遵命。”

我对末黑野先生打了个招呼，意思是下面危险，请他站到边上。

别姬小姐把手伸进穿着制服的胸口。当那两人看见她从里面取出了手枪，都大吃了一惊。但是，真正大吃一惊的，还在后面呢。

大厅里轰然响起了枪声。彩色玻璃屋顶的边角上的一个框里，打出了一个洞，从那高处，蓝色玻璃的碎片散落了下来。

我们都蒙住脸，往后退。

等那些玻璃碎片掉完之后，出现了一个有如取走了智力拼图中某一片拼图的洞。虽然被铅做的外框所固定，边上还有一些残存的玻璃，但是大多数玻璃不规则地破碎了，并掉了下来。

“正如你们所见，用枪打玻璃，不可能打出那么规整的圆圆的洞。”

末黑野先生回答道：

“那当然。”

“而且，要在想开洞的地方开一个预先设想的洞，那真是难上加难。——这个人例外，她有特殊的技能。但是，普通人不一样。外行的话，就算瞄准身边的人，也容易打不着。在根本不能失败的情况下，用手枪开洞那简直是荒唐。”

“是的。”

“但是，爬上去到天窗上开洞又十分困难。而且，对外人来说，那应该是个偶然开出的洞。——但现在是二月份。在这样的季节里，不必动手，就能把不可能的事变为可能。”

“哦。怎么做？”

“用冰。事先，在圆圆的洞口处放入蓝色的水冻成冰。按现在的东京气温，如果晚上做好，是不会融解的。到了第二天被太阳照耀后，冰开始融解，一滴一滴地掉下来。而接住水珠的就是那‘丰收的盆子’。冰冷的大厅里，不会有佣人一直站在那儿抬头看上面。他们只是路过而已。如果融化了的水滴在了头上，那他们一定会‘嗯’地寻找。但是，在那高高的地方，就没有人注意了。而且那儿已经放上了巨大的大理石像。彩色玻璃哭泣般地掉下来的水滴有石像上的盆接着。”

末黑野先生摸了摸下巴。

“——有道理。”

“这个事件，最大的关键点在于那个洞。确实，必须是一不小心开出的洞。所以才会用这样的方法。看准了那儿出现了洞的时候，开一枪空枪，就说是用手枪打的，于是大家觉得‘这样啊’，也就相信了。为了混淆视听，大概你们还从上面洒下了几片玻璃碎屑吧？”

末黑野先生，低声说：

“您能说到这里，那么您一定是已经‘全部知道了’吧。”

“……是的。”

这时，一直沉默的千原先生，向前走了一步。他一直盯着别姬小姐。

“您是——”

千原先生开口了：

“别宫老师的，千金吧。”

23

我恍然大悟。

这一瞬间，我明白了别姬小姐痛苦的原因。……是这么一回事啊。

在我混乱的头脑里，回顾了与别姬小姐共处的近两年时间。

如果我什么都不说，别姬小姐是不会到这里来的。不，不对。这是她的事。从脚印的状况，她一定会一直推理到发现事情的真相为止。

如果这样，这是怎样的命运的玩笑啊。千原先生的过去，竟然也是别姬小姐的过去。

我无语了。我站在这里，已经无话可说了。

“是的……”别宫小姐这样说。那是坚定的、拼命压制自己内心的声音。

“……如果我父亲，那时没有拜访您家，也就不会把您的父亲也卷进来了……”

别宫小姐脱下帽子，深深地鞠了一躬。

千原先生用手制止了：

“不，别宫老师所说的观点，我父亲完全赞同。……他从内心尊敬别宫老师。虽然他们的年龄差不多，但我父亲还是常说‘别宫老师，对我来说，是无可替代的老师’。所以，不如说是他心甘情愿的。我这样认为。……但是啊，每当我想起我妹妹的事，老实说，这样的想法也会动摇。不，别宫老师那样很好。很伟大。但是，我父亲却不必如此伟大。我啊，已经是个完全没用的人了。”

这一次，末黑野先生开口了。

“我从这家伙那儿，听说过您父亲的事。别宫这个姓，并不普遍。这家伙，听说他曾有一次在拜访您父亲的时候，看到了您。原来如此，您有一双令人难以忘记的深邃的眼睛。——而现在，您站在那边，我们却站在这边，这实在是一个讽刺。”

别宫小姐的脸上，出现了生生被撕裂般的痛苦表情。

“您要指控这家伙，——不，我们，您要指控我们吗？让我先说好，我没有打算让他受到这个国家的司法的审判。留下有颜色的水，确实是失策。但是，您也一定不认为这是能将别人定为杀人罪的证据吧。”

别宫小姐沉默地站着。末黑野先生继续说：

“——我，从那时候开始，已经成为了无法相信‘公’这个东西的人了。不，无论是什么样的思想、什么样的主义主张我都不相信。因为我知道它能轻易打碎人们最重要的东西。现在，我抱有的仅仅是，纯粹的，非常纯粹的‘私’的仇恨。——如果说是为了思想而死，那么那个死去的男人也应该满足了不是吗？他就是这样的男人。他有他强悍的地方。那是谈论苍白的理想的知识分子们绝对没有的强悍，能平静地对待死亡的强悍。——再锋利的剃刀也敌不过锈迹斑斑的斧头的一击。”

末黑野先生，一定是仰天祈祷过了。有如，段仓在那儿一样。

“——但是，我怎么可能让他满足。段仓那家伙并不是因为他所宣扬的理想被杀的。而是因为更小的私怨被杀的。虽然小，但它却是什么样的理想主义都无法匹敌的，是绝对真实的——私怨，因为私怨被杀。”

别宫小姐低声说道：

“如果是我父亲，肯定不赞同这种行为。如果因为仇恨把人杀死，这样一来人与人之间的对话就会就此终结。人与人之间的联系就会就此中断。”

“那个家伙并没有要求什么对话。因为他觉得那是对他来说绝对的真实，因为他带着他那永远不灭的真理的獠牙。——当我们在山中遇到虎狼，我们会首先要求和它们对话吗？当我的父亲、兄弟、孩子被吞噬的时候，我们必须要和吃人的野兽对话吗？——对我来说，这样的事情做不出来。虽然不如别宫老师那样伟大。”

我忍不住了，大叫起来。

“拜托了。不要折磨别姬小姐——别宫小姐了。这个人，已经忍受了多少痛苦，你们是应该知道的啊。”

沉默降临了。过了一会儿，千原先生说话了：

“末黑野只是在旁边看着而已。虽然我这样说，他可能会生气的。但是，事实就是这样。这个建筑物，是按照我的想法建造的。——打破了天窗才真正完工，它是我理想中的建筑物。——所以啊，最后，我想说的是，我才是这个事件的设计者和实施者。”

千原先生环顾四周，看了一圈那大大的天井。

“——要说，我们，是否有这样做的资格，那资格，不可能有。——末黑野这家伙真不像话。因为他已经变成了能捍动人世间的那一类人物了。说起来，他已经是实践段仓们的那些大道理的操作者了。所以啊，他说因为‘私怨’什么的。因为，只能这样说啊。不，末黑野和我都是这样。——但是，这次这件事，政府是没有资格来审判的，如果这件事背叛了别宫老师的话，那我也无所谓。手枪，我有一把。——到此为止吧，事已至此，我想做的事已经完成了。”

别姬小姐紧紧咬着牙齿。

千原先生既非开玩笑，又非讽刺，是认真的。我希望“这番话能把别姬小姐救出来”。但是，段仓那家伙已经死了，别姬小姐盼望的裁判也不可能有了。那家伙只有这样的命。

别姬小姐不知什么时候说过。“一个人因为自己的正义，而把不同观点的人抹杀掉的行为绝对不能允许”。这个人，如果在元禄十五年，身在吉良府邸前的话，她一定会拼出性命去制止大石内藏助的。这就是，这个人的“正义”。

“哎……哎。”

我一边这样叫着别姬小姐，一边拉住她。

“有些事情是毫无办法的呀。别姬小姐希望的道路，一定是时间回到从前，——在千原先生还没有作案的时候制止他。再进一步说，——实际上，回到您父亲还没出事以前，阻止那惨剧的发生。——但是，那样的事情不可能做到。那样的事，谁也做不到呀。所以我们会痛苦。——但是我们终究是要向前走的啊。为什么会发生这样的事？我们只有把它铭刻在心里，继续活下去啊。”

我们知道事件的真相。我们通过把真相告诉末黑野他们二人，希望他们作为经历过这样的事件的人，今后会有不同的生活态度。

24

我们转身离开末黑野的宅邸，朝汽车走去。

斜阳照耀着我们的脸颊。晚霞染红了西边的天空。光秃秃的树梢，看起来就像彩色玻璃上的铅线。

“小姐——”

别姬小姐朝我看来。她把刚才在千原先生面前脱下之后，像忘记了似的一直拿在手上的制帽重新戴好，然后面向前方。

她一边整理好头发，一边说：

“——我们走吧。”